1700

ÉVÉNEMENTS HISTORIQUES

Louis XV (1715-1774)

- 1705 : Première machine à vapeur industrielle

ARTS ET LITTÉRATURE

LI

Frontispice de *L'Encyclopédie* peint par Charles Nicolas Cochin et gravé par Benoît-Louis Prévost (1772)

◀ Al
Dide
en ha
Raiso
qui s
foule
artist

- 1721 : Montesquieu, *Lettres persanes*
- 1730 : Marivaux, *Le Jeu de l'amour et du hasard*
- 1731-1734 : Marivaux, *La Vie de Marianne*
- 1731 : Prévost, *Histoire du chevalier des Grieux e Manon Lescaut*
- 1748 : Montesquieu, *De l'esprit des lois*
- 1748 : Voltaire, *Zadig ou la Destinée*
- 1750 : Rousseau, *Discours sur les sciences et les*

● 1661 : Début du règne personnel de Louis XIV et de l'absolutisme

● 1662-1683 : Colbert ministre

:

● 1685 : Révocation de l'édit de Nantes

ASSICISME

al de mesure, de pureté et de naturel
gularisation du théâtre
lité de la littérature : plaire pour instruire

u par sa femme et sa mère, Nicolas Poussin (vers 1653)

eau associe la tension dramatique d'un épisode re romaine (Coriolan lève son épée contre sa sa mère) et la portée morale et universelle (les res de gauche sont des allégories de Rome et de). Le tout dans un tableau au calme équilibre.

Pascal, *Pensées* ;
t, *Sermon sur la mort*
1678 :
hefoucauld, *Maximes*
Molière,
nthrope
Racine, *Britannicus*
594 : La Fontaine,

- 1669 : Molière, *Tartuffe*
- 1674 : Boileau, *Art poétique*
- 1677 : Racine, *Phèdre*
- 1678 : Mme de La Fayette, *La Princesse de Clèves*
- 1688-1696 : La Bruyère, *Les Caractères*
- 1697 : Perrault, *Contes*

SOMMAIRE

Quand vous avez révisé une fiche, cochez la case ❒ correspondante !

Les objets d'étude et les œuvres au programme 2023-2024

La poésie, du XIXe au XXIe siècle

La littérature d'idées, du XVIe au XVIIIe siècle

Le roman et le récit, du Moyen Âge au XXIe siècle

Le théâtre, du XVIIe siècle au XXIe siècle

La boîte à outils

Les outils d'analyse

Les notions de grammaire au programme

Les épreuves écrite et orale du bac de français

Réussir l'épreuve écrite

Réussir l'épreuve orale

DÉPLIANT

Une frise chronologique d'histoire littéraire

Le site de vos révisions

L'achat de ce Fiches bac vous permet de bénéficier d'un ACCÈS GRATUIT* à toutes les **ressources** d'annabac.com (fiches, quiz, vidéos, sujets corrigés...) dans toutes les matières sur chacun des thèmes du programme.

Pour profiter de cette offre, rendez-vous sur **www.annabac.com** dans la rubrique « J'ai acheté un ouvrage Hatier ou Foucher ».

* Selon les conditions précisées sur le site.

Le genre poétique

1

☐ OK

La poésie est avant tout un travail sur les mots, sur le langage : est poète celui qui réinvente la langue. Ce faisant, la poésie réinvente le monde : elle nous le donne à voir autrement.

I Réinventer la langue

1 L'usage courant de la langue

- Un mot a une face matérielle, **le signifiant** (ensemble de sons et de lettres), et une face immatérielle qui est dotée d'un sens : **le signifié**.
- Signifié et signifiant sont indissociables l'un de l'autre et renvoient à un objet du monde (**le référent**), qu'il soit concret « la table » ou abstrait « le bien ». Qu'on le nomme « table » ou *tavola*, l'objet table ne change pas. On dit que le mot est **arbitraire** ou **immotivé** : il n'y a pas de lien direct entre le mot et l'objet qu'il désigne.

2 L'usage poétique de la langue

- Le poète Stéphane Mallarmé regrette que les mots de la langue soient si mal assortis à ce qu'ils désignent (leur référent). Ainsi, il considère que les **sonorités des mots** « jour » et « nuit » ne correspondent pas à la réalité qu'ils désignent : alors que le mot « nuit » a un timbre clair, le mot « jour » a un timbre sombre.
- C'est alors à la poésie de « **rémunérer le défaut des langues** » : chercher à ce que les mots arrivent à être plus près des choses. Dans l'usage poétique de la langue, le poète cherche à faire correspondre forme et sens, à **remotiver** les mots.
- « Manier savamment une langue, c'est pratiquer une espèce de *sorcellerie évocatoire.* » Comme l'écrit Baudelaire, c'est donc bien le travail sur la langue qui permet de créer un monde. C'est ce que fait la poésie.

> **À noter**
> Le mot « **poésie** » vient du verbe grec *poiein* qui signifie « faire, créer ». Le poète est celui qui, à l'aide de la matière des mots, crée un monde.

3 Le poète, un être à part ?

- Le poète est souvent pensé comme un être à part, qui a accès à une autre vérité, au-delà du langage de tous les jours.

- Le poète « pareil aux prophètes [...] voit, quand les peuples végètent ! », c'est ainsi que Victor Hugo le définit dans un poème intitulé « Fonction du poète » (1829). Plus tard, en 1871, Arthur Rimbaud écrit que « Le Poète se fait voyant par un long, immense et raisonné dérèglement de tous les sens ».

II L'apport des contraintes

On pourrait penser que les nombreuses contraintes de la versification brident l'imagination. Or, comme l'écrit Baudelaire à propos du sonnet « parce que la forme est contraignante, l'idée jaillit plus intense ». On peut, à partir de là, donner quelques caractéristiques de la poésie. ▶ FICHE 4

- L'**intensité**. Les formes sont souvent brèves, l'idée doit se mouler dans le mètre du vers. Cela oblige à chercher l'intensité plutôt que la longueur, ce que permet la métonymie : « la pâle mort » = la mort qui rend pâle.
- La **suggestion.** La poésie n'est pas explicative, elle montre, elle suggère. Pour cela, elle se sert d'images. Toutes les figures de l'analogie sont privilégiées : comparaison, métaphore, allégorie, personnification.
- Les **rapprochements**. Les mots mis à la rime ont du poids, ils sont mis en relation, et cette relation peut créer du sens. Ainsi, il n'est pas anodin de mettre à la rime « tyrannique » et « république » (La Fontaine).
- Les **mises en relief**. Anaphores, parallélisme, chiasmes se jouent des structures du vers. L'alexandrin et sa césure à l'hémistiche peuvent renforcer le poids d'une antithèse : « Qui produit la richesse/en créant la misère. » (Victor Hugo)

À noter

On qualifie d'**art poétique** un poème dans lequel le poète expose sa conception de la poésie et la met en pratique (ex. : Verlaine, « Art poétique »).

L'ESSENTIEL

Le genre poétique

Usage poétique de la langue
- remotiver les mots ; faire correspondre forme et sens

Apport des contraintes de la versification
- intensité
- suggestion
- rapprochements
- mises en relief

La poésie au XIXe siècle

2

☐ OK

Le XIXe siècle révolutionne la poésie de l'âge classique, tant dans son contenu que dans ses formes.

I Trois influences

1 Le romantisme

- Le courant romantique, qui marque l'histoire des idées au cours de la première partie du XIXe siècle, trouve dans la poésie un genre particulièrement adapté à **l'expression des sentiments.**
- Les *Méditations poétiques* d'Alphonse de Lamartine, parues en 1820, sonnent le début de la poésie romantique marquée par le **lyrisme** : l'amour, la fuite du temps, la nature en sont les principaux thèmes.
- Après l'échec des révolutions de 1830 et de 1848, certains poètes se tournent vers une **écriture repliée sur le « je » et ses souffrances**. Ainsi Alfred de Musset écrit : « Faire une perle d'une larme, / Du poète ici-bas voilà la passion ». D'autres prolongent leur **action politique** dans la poésie, comme Victor Hugo avec son recueil *Les Châtiments* (1852).

2 Le Parnasse

Lassés du lyrisme romantique, ainsi que du réalisme et du naturalisme, certains poètes (Théophile Gautier, Leconte de Lisle, José-Maria de Hérédia, Banville, Villiers de l'Isle-Adam) revendiquent une **poésie qui cherche le Beau et non l'utile**. Ils prônent une poésie impersonnelle. La beauté de la forme l'emporte sur le sens. C'est **l'Art pour l'Art**.

3 Le symbolisme

- D'accord avec le Parnasse pour se positionner **contre le naturalisme** qui prétend expliquer mécaniquement l'homme, le symbolisme s'en démarque néanmoins.
- Le sens n'est pas donné d'emblée : il est suggéré par des images, le symbole, mystère à déchiffrer dont le poète peut donner les clés ; c'est ce que fait Charles Baudelaire dans les « Correspondances ». D'autres, comme Stéphane Mallarmé s'engagent dans une poésie plus hermétique.

À noter

Il est souvent difficile de réduire un poète à un seul mouvement littéraire ; ainsi, le recueil *Les Fleurs du mal* de Baudelaire relève aussi bien du romantisme, du réalisme que du symbolisme.

- La recherche des **harmonies musicales** (Paul Verlaine) et d'un langage inédit, derrière lequel le « je » s'efface pour **laisser parler le monde** (Arthur Rimbaud), en est aussi une caractéristique.

II L'exploration des formes

1 Reprise de formes anciennes

- Les poètes empruntent à la poésie médiévale et à celle du XVIe siècle **l'ode et la ballade**. Ils sont aussi séduits par la musicalité de la **chanson**. Victor Hugo fait paraître *Odes et ballades* en 1822, Laforgue reprend les rythmes des chansons populaires dans ses *Complaintes*.
- Les poètes n'oublient pas **le sonnet** mais le font évoluer.

2 La libération du vers

- Victor Hugo, chef de file du romantisme, prône la libération du vers : il s'agit de casser la monotone cadence de l'alexandrin par l'utilisation du trimètre romantique et des enjambements.
- **L'alexandrin n'est plus la règle** ; bien souvent les poètes lui préfèrent l'octosyllabe, ou même des vers de trois ou quatre syllabes. Paul Verlaine revendique le **vers impair** : « De la musique avant toute chose, / Et pour cela préfère l'Impair ».
- Aloysius Bertrand (*Gaspard de la nuit*, 1842), innove avec le **poème en prose**. Charles Baudelaire (*Le Spleen de Paris*, 1869) et Arthur Rimbaud (*Illuminations*, 1872-1875) s'y essayent également. Gérard de Nerval (*Les Filles du feu*, 1854) mêle **prose poétique** et poèmes en vers.

Mot clé

Le **trimètre romantique** refuse la césure à l'hémistiche (6//6) :
Je suis banni !/
je suis proscrit !/
je suis funeste ! (Hugo)

L'ESSENTIEL

La poésie au XIXe siècle

Influences
- romantisme (Lamartine, Musset, Hugo)
- Parnasse (Gautier, Villiers de L'Isle-Adam)
- symbolisme (Baudelaire, Mallarmé, Verlaine)

Exploration des formes
- reprise de formes anciennes (Hugo, Laforgue)
- libération du vers (Hugo, Rimbaud, Nerval)

La poésie aux XXe et XXIe siècles

3

☐ OK

Aux XXe et XXIe siècles, les poètes explorent les voies ouvertes par la poésie de la fin du XIXe siècle et multiplient expériences et expérimentations.

I La première moitié du XXe siècle

1 L'esprit nouveau

- Guillaume Apollinaire (*Alcools*, 1912) et Blaise Cendrars (*Du monde entier*, 1912-1924) conservent les grands thèmes de la poésie lyrique, mais introduisent des éléments de la **modernité** : la ville, la « rue industrielle », le quotidien prosaïque.
- Ils recherchent aussi une **écriture nouvelle**, suppriment toute ponctuation, utilisent le vers libre, travaillent les calligrammes. Ils sont fortement **influencés par la peinture** qui connaît elle aussi de grandes évolutions avec les débuts du cubisme. C'est la surprise qui, pour Apollinaire, est le « ressort de la poésie nouvelle ».

2 Le surréalisme

- La poésie est le genre littéraire privilégié du surréalisme. L'amour et l'éloge de la femme sont les thèmes principaux.
- L'acte poétique est conçu comme un **acte révolutionnaire**. Les procédés du **rêve** (association d'idées, images, contradictions, images saugrenues…) sont pris comme modèle de l'écriture.
- La Seconde Guerre mondiale et la Résistance sont propices à la **poésie engagée**. Paul Éluard écrit « Liberté », lancé sous forme de tract par l'aviation britannique. C'est « L'honneur des poètes » (anthologie publiée clandestinement en 1943) que de résister avec leurs armes : les mots. Les poètes Robert Desnos, René Char, s'engagent dans la Résistance.

3 La diversité

La poésie de cette période ne se réduit pas au courant surréaliste, d'autant que de nombreux poètes, comme Louis Aragon (*Les Yeux d'Elsa*, 1942), quittent ce mouvement.

- Valéry et Claudel redonnent un **souffle lyrique** au monde dans de grandes odes ou de longs poèmes. Paul Claudel adopte la forme du verset.
- Jacques Prévert, dans *Paroles* (1945) adopte un **ton plus léger** et une **langue plus populaire** qui se rapproche parfois de la chanson.

II De l'après-guerre à aujourd'hui

1 Expérimentations du langage

- L'OuLiPo retrouve la **joie de la forme et des contraintes**. Raymond Queneau publie *Cent mille milliards de poèmes,* 12 sonnets dont les 14 vers découpés peuvent se combiner entre eux.
- Dans la lignée de Guillaume Apollinaire, les poètes travaillent sur l'**aspect visuel**, suppriment la ponctuation, jouent à confondre prose et poésie et adoptent le **poème en prose**.

Mot clé

L'**OuLiPo** (Ouvroir de Littérature Potentielle), né en 1960, explore les potentialités de la littérature par le jeu des contraintes et la recherche de formes nouvelles.

2 Expérimentations du monde et expérimentations intérieures

- Les descriptions attentives des **objets du quotidien**, de l'anodin, sont en même temps un **retour aux réalités du monde** et une réflexion sur ce que peut en dire la poésie (Francis Ponge, *Le Parti pris des choses*, 1942 ; Yves Bonnefoy, *Les Planches courbes,* 2001).
- Aimé Césaire et Léopold Sédar Senghor, hommes politiques et poètes, créent une **poésie de la « négritude »** qui dit l'identité africaine et les malheurs dus à la colonisation.
- Les poètes se livrent aussi à des **explorations intérieures** : Henri Michaux, poète, voyageur et peintre, mêle écriture et dessin sous l'influence de la mescaline ; Bernard Noël mêle expérience intérieure, expérience du corps et prise de position politique dans une écriture dénuée de tout lyrisme.

L'ESSENTIEL

La poésie de la première moitié du XXe siècle
- modernité (Apollinaire, Cendrars)
- surréalisme (Éluard)
- diversité : lyrisme (Valéry, Claudel), langue populaire (Prévert)

La poésie, de l'après-guerre à aujourd'hui
- expérimentations du langage : OuLiPo (Queneau)
- expérimentations du monde : (Ponge, Césaire, Senghor)
- expérimentations intérieures : (Michaux)

La versification

4

☐ OK

S'il faut toujours lier analyse du sens et analyse de la forme, c'est encore plus vrai en poésie.

I Formes fixes et formes libres

1 Les formes fixes

> **À noter**
> Le [ə] n'est prononcé ni en fin de vers, ni devant une voyelle. Il est prononcé (et compté) quand il précède une consonne ou un *h* aspiré : [muvəmã].

- Les poèmes à forme fixe reposent sur une division en **vers** et en **strophes**.
  - Le vers est reconnaissable graphiquement (retour à la ligne) et auditivement par le retour de la rime qui délimite un **mètre**, défini par le nombre de syllabes du vers. Les plus courants sont **l'octosyllabe, le décasyllabe et l'alexandrin**.
  - Les vers sont regroupés en strophes : les plus fréquentes sont le **distique** (2 vers), le **tercet** (3 vers) et le **quatrain** (4 vers).
- Les formes fixes les plus utilisées jusqu'au XIXe siècle sont :
  - la **ballade**, composée de trois strophes et un envoi (une demi-strophe) ;
  - l'**ode**, poème lyrique, chanté à l'origine, et alternant trois strophes correspondant à un mouvement de danse ;
  - le **sonnet**, constitué de deux quatrains et deux tercets.

2 Les formes libres

À partir du milieu du XIXe siècle, les poètes s'affranchissent des contraintes formelles. Se développent ainsi :
- le **poème en prose**, qui joue sur les sonorités, les rythmes et les images sans s'astreindre aux contraintes du vers ;
- le **calligramme**, dont la disposition des lettres tente de représenter sur l'espace de la page l'objet même qui en est le thème.

II Les jeux sur les sonorités

- Dans les poèmes à forme fixe, les vers sont associés deux à deux par des **rimes**. Celles-ci peuvent être **plates** ou suivies (aabb), **embrassées** (abba), ou **croisées** (abab). La rime est dite **pauvre** si un seul phonème est répété, **suffisante** (2 phonèmes), ou **riche** (3 et plus).

● Pour qualifier la répétition d'un son ailleurs qu'à la rime, on parle d'**allitération** (sons consonantiques) ou d'**assonance** (sons vocaliques).

● Selon le mètre, les sons [j], [je], [jœ], [jɛ]... peuvent se prononcer en une seule syllabe (**synérèse** -ion-, -ier-...) ou en deux syllabes (**diérèse** -i-on-, -i-er- ...).

III Le rythme des vers

● La **césure** (//) est la coupe principale du vers. Dans un alexandrin, la césure 6//6 est dite « à l'hémistiche ».

● Les **coupes** (/) sont des rythmes secondaires.

> Dieux d'argent/qui tenaient//des saphirs/dans leurs mains. (Éluard)

3/3//3/3 : il s'agit d'un tétramètre régulier.

● Il arrive que la syntaxe ne s'assujettisse pas au moule du vers, créant un effet de discordance. On distingue trois cas :

• l'**enjambement** : la phrase court sur deux vers :

> Les vibrantes douleurs dans ton cœur plein d'effroi
> Se planteront bientôt comme dans une cible. (Baudelaire)

• le **rejet** : une partie du groupe syntaxique est rejeté dans le vers suivant :

> Trois mille six cent fois par heure, la Seconde
> Chuchote : souviens-toi !-[...] (Baudelaire)

• le **contre-rejet** : la partie brève est en fin de vers et la suite du groupe syntaxique est dans le vers suivant :

> Les minutes, mortel folâtre, sont des gangues
> Qu'il ne faut pas lâcher sans en extraire l'or ! (Baudelaire)

L'ESSENTIEL

La versification

Formes
- fixes : ballade, ode, sonnet...
- libres : poème en prose, calligramme...

Jeux sur les sonorités
- rimes plates, embrassées, croisées
- allitération, assonance

Rythme des vers
- césure, coupes
- discordance : enjambement, rejet, contre-rejet

Analyser un poème

5

☐ OK

Un poème est une forme souvent brève et parfois déroutante. Comment procéder pour l'appréhender ?

I Identifier les caractéristiques du poème

- Même si l'analyse d'un poème ne peut se réduire à l'étude de sa forme, il est nécessaire de commencer par repérer les caractéristiques formelles.

• Comment s'inscrit le **poème sur le blanc de la page** ? A-t-il une forme ramassée, allongée ? Est-ce en relation avec son sens ? Veut-il mimer le thème dont il parle, comme un calligramme par exemple ?

• Quel est le **système de strophes** ? Peut-on reconnaître une forme fixe ? Si oui, le poète respecte-il les règles ou les retravaille-t-il à sa manière ?

• Quel est le **type de rimes** (plates, embrassées, croisées) ? Y a-t-il une alternance dans le choix des rimes ? Au contraire, le poème est-il tout en rimes suivies, par exemple ?

• Quel est le **mètre employé** (octosyllabes, décasyllabes, alexandrins…) ?

> **Conseil**
> Pour analyser un **sonnet**, rappelez-vous que les quatrains ont un contenu plus abstrait que les tercets, dont le rôle est illustratif. Le dernier vers (la chute) peut donner la clé du poème.

- Toutes ces caractéristiques vous permettent-elles de reconnaître l'**influence d'un courant littéraire** auquel le poète appartiendrait ou duquel il se démarquerait ? Faites appel à vos connaissances et aux informations données par le paratexte.

II Cerner le propos du poète

1 L'énonciation et les thématiques

- Le poème est-il à la première personne ? Est-il **adressé à quelqu'un** (la femme aimée, le lecteur, une allégorie…) ? Est-il situé dans le temps et dans l'espace ?

- On retrouve, à travers l'histoire de la poésie, des **grandes thématiques** comme l'amour (rencontre amoureuse, coup de foudre), le passage du temps, le deuil, la beauté, la poésie elle-même. Mais n'oubliez pas que tout est permis à l'écriture poétique, il n'y a pas de thème interdit : laissez parler le texte et laissez-vous surprendre.

2 Les tonalités

- La poésie est généralement associée au lyrisme, qu'il soit expression du bonheur ou du malheur (dans ce cas on parle de lyrisme élégiaque). Mais il peut être aussi épique, didactique, satirique, burlesque. ▶ FICHE 58

> **À noter**
> Si le **poème lyrique** célèbre la beauté de la nature, il peut aussi célébrer la beauté de la ville, son mouvement, son bruit, ses couleurs (ex. : « Zone » d'Apollinaire).

- Le poème défend-il une cause, une opinion ? S'inscrit-il dans un débat d'idées ? Incite-t-il à l'action comme les poèmes de la Résistance, par exemple ? On parle alors de poésie engagée.

III Affiner la lecture

1 Musicalité

- Une fois repéré le type de rimes, on doit regarder quels mots elles servent à mettre en écho. Cet écho provoque-t-il la surprise ?
- Il faut être attentif à tous les jeux d'allitérations et d'assonances qui tendent à mimer ce dont le poème parle. ▶ FICHE 4
- Pour l'analyse des poèmes en prose, il faut mettre en évidence les rimes internes, les alexandrins cachés, etc., tout ce qui relève de la musicalité poétique.

> **À noter**
> Le **vers libre** est un vers libéré de la régularité du mètre, des césures et des coupes. Il remplace souvent les rimes par des assonances.

2 Images et jeux sur le sens

- En tant qu'art du langage, la poésie en utilise toutes les possibilités. Il est nécessaire d'analyser les images, métaphores, analogies, comparaisons et d'en exploiter le sens, voire la multiplicité des sens.
- Les images peuvent aussi être suggérées par le jeu des connotations, par la description d'une atmosphère : le lecteur semble percevoir ce que décrit le poème.
- Un poème possède souvent plusieurs sens : soyez particulièrement attentif à la polysémie des mots pour comprendre toutes les dimensions du poème.

> Nos pieds glissaient d'un pur et large mouvement. (Verlaine)

[« pied » renvoie à la fois à la partie du corps et à l'ancienne unité de mesure du mètre poétique : ce qui semblait le récit d'une anecdote devient ainsi un poème sur la poésie]

Quiz EXPRESS 6

Avez-vous bien révisé les fiches 1 à 5 ? On vérifie !

La poésie

1 Les caractéristiques de la poésie

▶ FICHE 1

Cochez la bonne réponse.	Vrai	Faux
a. Les contraintes de la versification sont un obstacle à la créativité poétique.	☐	☐
b. La poésie est un art de la suggestion.	☐	☐
c. Le poète est un voyant.	☐	☐
d. L'« art poétique » désigne l'habilité d'un poète à manier la versification.	☐	☐

2 La poésie au XIXe siècle

▶ FICHE 2

Reliez chaque poète au courant auquel il appartient.

a. Théophile Gautier •
b. Victor Hugo •
c. Paul Verlaine •
d. Charles Baudelaire •

• romantisme
• Parnasse
• symbolisme

3 Connaître les règles de la versification

▶ FICHE 4

Dans les vers ci-dessous, que reconnaissez-vous ?

- ☐ a. un rejet
- ☐ b. un trimètre romantique
- ☐ c. des rimes suivies
- ☐ d. une diérèse
- ☐ e. des assonances
- ☐ f. des alexandrins

> Le pré est vénéneux mais joli en automne
> Les vaches y paissant
> Lentement s'empoisonnent
> Le colchique couleur de cerne et de lilas
> Y fleurit tes yeux sont comme cette fleur-là
> Violâtres comme leur cerne et comme cet automne
> Et ma vie pour tes yeux lentement s'empoisonne

Guillaume Apollinaire, « Les Colchiques », *Alcools*, 1913.

CORRIGÉS

1 Les caractéristiques de la poésie

a. **Faux**. Baudelaire pense au contraire que « parce que la forme est contraignante, l'idée jaillit plus intense ».

b. **Vrai**. La poésie montre et suggère au lieu d'expliquer.

c. **Vrai**. Arthur Rimbaud écrit que « Le Poète se fait voyant par un long, immense et raisonné dérèglement de tous les sens ».

Citation

« De la musique avant toute chose, / Et pour cela préfère l'Impair » écrit Verlaine dans « Art poétique » composé de vers de 11 syllabes.

d. **Faux.** L'art poétique est un poème dans lequel le poète expose sa conception de la poésie et la met en pratique.

2 La poésie au XIXe siècle

a. Théophile Gautier – Parnasse

b. Victor Hugo – romantisme

c. Paul Verlaine – symbolisme

d. Charles Baudelaire – symbolisme

3 Connaître les règles de la versification

- **Réponse a**. « Y fleurit » est mis en rejet dans le vers 5.
- **Réponse c**. La disposition des rimes semble irrégulière mais on trouve des rimes suivies dans les quatre derniers vers (lilas / fleurs-là ; automne / empoisonnent).
- **Réponse e**. La répétition de mêmes termes amplifie l'effet d'assonances, par exemple les assonances en /en/ (lentement s'empoisonnent).
- **Réponse f**. Le poème est en effet en alexandrins, puisque les vers 2 et 3 forment un alexandrin, ce qui est confirmé par la rime automne / s'empoisonnent.

Francis Ponge, *La rage de l'expression*

9

☐ OK

Francis Ponge est un poète majeur du XXe siècle. Bien que *La rage de l'expression* ne soit pas son œuvre la plus connue, ce recueil apporte un éclairage particulier sur sa conception de la poésie.

I Premiers repères

1 L'auteur et le contexte

- Francis Ponge (1899-1988) vit tous les grands événements qui bouleversent le XXe siècle. Il est **mobilisé** de 1918 à 1919. Il adhère au Parti communiste en 1937. Mobilisé à nouveau en 1939, il entre dans la **Résistance** en 1941 et rend sa carte de communiste en 1947. Il participe au **mouvement surréaliste** puis s'en éloigne.

Pour aller + loin

Le Parti pris des choses (écrit en 1924 et publié 1942) est l'œuvre qui fait connaître l'écriture radicalement nouvelle de Ponge. Loin de l'écriture lyrique ou du surréalisme qui laisse parler l'inconscient, Ponge reste au plus près des objets du quotidien.

- Titulaire du baccalauréat de droit en 1918, il est admissible pour entrer en licence de philosophie, mais il **reste muet à l'oral** de l'examen. La situation se reproduit pour l'oral de l'École Normale Supérieure.
- Il écrit ses premiers poèmes en 1915 et publie dans des revues à partir de 1923.

2 La composition de *La rage de l'expression*

- Publié en 1952, *La rage de l'expression* est composé de **sept pièces**. La première, « Berges de la Loire », est courte et peut être considérée comme un texte programmatique. Les autres, plus longues, sont composées de plusieurs textes séparés par des astérisques ou des numéros qui indiquent les étapes de la description ou de la réflexion.
- La **sixième section** « Le Carnet du Bois de Pins » est la **plus complexe** puisque composée de cinq sous-parties, elles-mêmes structurées par des astérisques.

II | Des clés pour l'analyse

1 Les « objets » pris comme thèmes

- Pour Ponge, l'important est « l'objet ». Son but n'est pas de le décrire ou de le raconter, mais de **« l'approcher » avec « délicatesse »** (« Le mimosa »). Ainsi de la Loire dans laquelle il faut plonger le regard.
- Il les choisit pour leur **difficulté** : « Je ne choisis pas les sujets les plus faciles. Voilà pourquoi je choisis le mimosa. Comme c'est un sujet très difficile, il faut donc que j'ouvre un cahier. » (« Le mimosa »)
- Ce sont des **« objets » de la nature** que les titres de sections annoncent : la Loire, les pins, le ciel de Provence (« La Mounine »), les animaux ailés qui y vivent (« Notes prises pour un oiseau », « La guêpe ») et les fleurs et arbres qui y poussent (« L'œillet », « Le mimosa »).

2 Un titre et un recueil énigmatiques

- Le titre du recueil est surprenant car il n'annonce pas un thème mais commente plutôt l'**état d'esprit du poète** qui serait pris par « la rage de l'expression ». Ce titre laisse entendre une violence, un combat, une **volonté farouche** de trouver la juste expression.
- En effet, la difficulté de Ponge à s'exprimer lors de ses examens et concours n'est pas anecdotique ; elle peut relever de l'insuffisance qu'il trouve au langage, usé par son emploi courant et devenu impropre pour exprimer ses émotions ou pour décrire le monde. Il va donc s'attacher à renouveler le rapport de la langue aux choses.
- Prose ou poésie ? Si *Le Parti pris des choses* donnait à lire uniquement des poèmes en prose, ce n'est pas le cas de *La rage de l'expression*. Prose, strophes, vers, définitions, alignements de chiffres, jeux typographiques, les passages d'une forme à une autre sont nombreux, comme si le poète cherchait la **forme juste** sans s'interdire de **multiplier les propositions**.

L'ESSENTIEL

La rage de l'expression, Ponge (1952)

- **Structure :** 7 pièces
- **Thèmes :** éléments de la nature (la Loire, la guêpe, l'œillet, le bois de pins...)
- **Visée :** décrire l'élément au plus près de sa réalité, trouver l'expression juste

Dans l'atelier du poète

10

☐ OK

Avec *La rage de l'expression*, Ponge, tel un artisan, nous introduit dans son atelier. Il y explique les principes de sa recherche, nous livre ses tentatives et ses commentaires sur le degré de réussite de ses expérimentations.

I De Boileau à Ponge

1 « Vingt fois sur le métier »

- Dans *L'Art poétique*, Boileau (1636-1711) écrit « Hâtez-vous lentement ; et, sans perdre courage,/Vingt fois sur le métier remettez votre ouvrage : /Polissez-le sans cesse et le repolissez ;/Ajoutez quelquefois, et souvent effacez. »

Définition

Art poétique : poème dans lequel le poète explique sa conception de la poésie et la met en pratique dans le poème même.

- Ponge le dit à sa manière dans les « Berges de la Loire » : « Chaque fois qu'il [son esprit] aura *séché* sur une expression, le replonger dans l'eau du fleuve ».
- À la différence de Boileau qui livre le résultat « poli », Ponge donne à lire les **tâtonnements**, **essais**, « **variantes** » comme dans « Le Carnet du Bois de Pins » : « L'alpestre brosserie – entourée de miroirs – », « La haute brosserie entourée de miroirs », « L'alpestre brosserie haut touffue de poils verts »...

2 « La rage de l'expression » : un manifeste contre la poésie ?

- Le recueil s'ouvre sur « Berges de la Loire », texte dans lequel le poète se donne des **consignes d'écriture**. Il utilise des infinitifs, multiplie les occurrences du verbe « devoir », pose des interdits : « ne jamais m'arrêter à la forme *poétique* », « ne jamais essayer d'*arranger les choses* ».
- Il peut même provoquer son lecteur en affirmant : « Oui je me veux **moins poète que « savant »**. – Je désire moins aboutir à un poème qu'à une formule, qu'à un éclaircissement d'impression. [...] Je veux être l'homme de cette science. »
- Il va jusqu'à dire « j'ai besoin du magma poétique, *mais c'est pour m'en débarrasser*. » (« II. Correspondance »). Il exerce sur son écriture une surveillance constante, recommençant, épurant, retouchant. Et c'est cette **recherche expérimentale** qu'il donne à lire et qui fait œuvre.

II Les choses et les mots

1 Une langue déficiente

- Au XIXe siècle, le poète Stéphane Mallarmé (1842-1898) regrette l'**inadéquation du langage** au monde. Ainsi, il trouve que les sonorités du mot *nuit* seraient plus appropriées pour désigner le jour et inversement.
- C'est à la poésie de « rémunérer le défaut des langues » (Mallarmé), ce que Ponge s'engage à faire, en **cherchant le mot et l'expression les plus justes**.
- Il entame cette « conquête » (« Appendice, I. Pages bis ») pour avancer dans « la connaissance et l'expression » (« Le Carnet du Bois de Pins ») et être au plus près du sujet qu'il s'est choisi.

2 Réinventer la langue

- Pour scruter l'objet, il lui faut **transformer radicalement** le fonctionnement même du langage : « L'entrechoc des mots, les analogies verbales sont *un* des moyens de scruter l'objet. » (« Berges de la Loire »)
- Ponge s'aide aussi du dictionnaire dont il ausculte et retranscrit les définitions. Elles constituent le matériel de travail avec lequel il construit ses propres textes-définitions : « Je n'arriverai donc pas trop tard. Tout est à dire. On s'en doutait. » (« Notes prises pour un oiseau »)
- Par cette « conquête » de l'objet et son travail sur la langue, Ponge souhaite atteindre « un **monde nouveau** où les hommes, à la fois, et les choses connaîtront des rapports harmonieux : voilà mon but poétique et politique. » (Conversation avec le pasteur Jacques Babut).

L'ESSENTIEL

Dans l'atelier du poète

→ **Recherche**
- écriture par tâtonnements, essais, « variantes »
- recherche du mot le plus juste

→ **Expérimentation**
- sur la langue, en tant que matériel de travail du poète « savant »
- en vue d'une transformation radicale du fonctionnement du langage

Hélène Dorion, *Mes forêts*

11

☐ OK

Dans ce recueil de poésie contemporaine, on suit l'auteure dans le monde vibrant, signifiant et sensible des forêts.

I Premiers repères

1 L'auteure et le contexte

- Québécoise, née en 1958, poétesse, romancière, essayiste, Hélène Dorion est une écrivaine **francophone** très présente dans la vie littéraire de son pays : elle participe à des revues et reçoit de nombreux prix. Traduite en une quinzaine de langues, elle a une **renommée internationale**.
- Dans ses recueils, elle associe souvent **poèmes** et **photo**, **peintures**, ou **dessins**. Elle publie aussi de nombreux livres d'artistes en collaboration avec divers plasticiens.

2 La composition de l'œuvre

- *Mes forêts* est un recueil de **59 poèmes** organisés en **quatre sections** : « L'écorce incertaine », « Une chute de galets », « L'onde du chaos », « Le bruissement du temps ». La dernière section est subdivisée en trois : « Avant l'aube », « Avant l'horizon », « Avant la nuit ». **Cinq poèmes supplémentaires**, tous intitulés « Mes forêts », s'intercalent entre chaque section.
- Le recueil **joue sur le rythme** en alternant long et court. La première section est composée de vingt-cinq poèmes courts, titrés ; la deuxième ne présente qu'un seul long poème ; la troisième est composée de trente poèmes plus ou moins longs non titrés ; la dernière, de trois longs poèmes titrés.
- Chaque section s'ouvre sur une **citation en exergue**, chacune étant écrite par une auteure contemporaine et disposée sur deux lignes. On peut les lire à la suite les unes des autres ; elles forment alors une sorte de **litanie** répétant inlassablement le **questionnement du sens de la vie**.

II Des clés pour l'analyse

1 Des poèmes qui se répondent entre eux

- L'absence de ponctuation, de majuscule en début de vers, les enjambements et l'utilisation particulière du blanc graphique font qu'on ne sait plus très bien si nous lisons un **nouveau poème** ou la **suite du précédent** ; d'autant plus quand les poèmes ne sont pas titrés, comme dans « L'onde du chaos ».

- Dans le cas des poèmes titrés, le titre peut parfois se lire comme le début du premier vers, parfois non. Parfois, on se demande si on lit le **début ou la fin** d'une phrase : « *Le feu*/qu'on entend venir » (« Le feu »).
- Par ces choix, Hélène Dorion veut nous faire comprendre que la forêt forme un tout dont les **éléments s'interpénètrent** et dépendent les uns des autres. La forêt est à « l'image de notre monde ». Elle est en même temps **réconfort et menace**.

2 La place du « je »

- Le déterminant possessif du titre du recueil marque l'**appropriation**. Cependant il ne s'agit pas d'une revendication de propriété, mais plutôt d'une **double appartenance** : la manière propre à l'auteure de voir et vivre les forêts et ce que les forêts « déchiffre[nt] » en elle.
- Poésie à la première personne, interrogation sur soi, communion avec la nature, évocation de l'écoulement du temps, on trouve là tous les éléments du **registre lyrique**.

3 Un lyrisme inscrit dans « la chambre du siècle »

- Mais ce retour vers l'intime n'exclut pas l'**évocation du monde et de ses perturbations**. Il y est question du « portable », de « l'ère numérique », de l'« amas de choses jetables » et des « alarmes du siècle ».
- Le « je » de la poétesse se fond ainsi dans un « nous » collectif qui dit la **perte des repères** dans ce « temps de foudre et de lambeaux », de « biles et d'éboulis ». La révolte contre les ravages du monde s'exprime avec force dans « L'onde du chaos ».

L'ESSENTIEL

Mes forêts, Hélène Dorion (2021)

- **Contexte :** époque marquée par le dérèglement climatique et la puissance de la technologie
- **Structure :** 4 sections séparées chacune par un poème intitulé « Mes forêts »
- **Thèmes :** l'univers vibrant et sensible des forêts et les menaces du monde contemporain

La poésie, la nature, l'intime

12

☐ OK

Dans *Mes forêts*, la poésie porte la voix de la nature qui questionne l'homme sur son histoire et sur celle du monde. Hélène Dorion joue de toutes les ressources de la poésie pour tenter d'approcher du monde complexe de la nature.

I La nature, une poétique

1 Un inventaire poétique

- La forêt, élément de la nature, est elle-même composée d'éléments qui sont énumérés dans la première section du recueil. La suite des titres se lit comme un long poème **traversant** et **structurant le recueil**.

Pour aller + loin

Dans *Le Parti pris des choses* (1942), Francis Ponge (1899-1988) répertorie le monde des choses (pain, cageot, huître...) et choisit le poème en prose pour être au plus près de l'objet décrit.

- Pour décrire ces éléments, Hélène Dorion choisit le **vers libre** dans une forme proche du **haïku** : c'est par exemple le cas de la deuxième strophe du poème « Le tronc ».

2 Une approche métaphorique

- Le pluriel du titre l'annonce, la forêt de l'auteure est **plurielle, changeante**. Difficile à cerner, elle ne peut se réduire à une seule approche.
- C'est pourquoi les cinq poèmes « Mes forêts » commencent par l'**anaphore** « mes forêts sont... » suivie de **définitions métaphoriques** : «... de longues traînées de temps », «... un champ silencieux », «... des bêtes qui attendent la nuit », «... le bois usé d'une histoire », «... de longues tiges d'histoire ».

3 Des réseaux synesthésiques

- De vastes **réseaux synesthésiques** parcourent le recueil, c'est le cas par exemple dans « Le houppier » : matière + couleur + son (« les nuages chuchotent ») ; couleur + toucher (« la lumière éblouit la montagne/dessine des espoirs/dans la neige »).
- L'évocation des « mâts », du « champ de colonnes », d'« une vaste cité de bois », fait écho au sonnet « **Correspondances** » de Baudelaire : « La nature est un temple où de vivants piliers/Laissent parfois sortir de confuses paroles ;/L'homme y passe à travers des forêts de symboles/Qui l'observent avec des regards familiers. »

II La nature, miroir de nos vies

1 Du poème épique à la forme fragmentée

- La nature, vivante, est tributaire du temps. Hélène Dorion emprunte la **forme épique**, pour raconter la création du monde (« Avant l'aube »), l'**histoire des hommes** (« Avant l'horizon ») et une **histoire plus personnelle** (« Avant la nuit ») qui s'insère dans « la longue marche du savoir », de l'âge d'or à l'ère numérique.
- À l'inverse, dans « Une chute de galets », la poétesse choisit une **forme fragmentée** pour faire entendre l'**écoulement du temps** : répétition d'un distique et jeu mimétique.

2 Un lyrisme retenu, à la recherche du sens

- Le « je » de la poétesse écoute, **déchiffre**, s'interroge, sans tomber dans le lyrisme romantique d'un poète comme Lamartine qui demande à la nature de conserver le souvenir de son amour perdu.
- Le recueil se clôt en évoquant le **pouvoir de la poésie** qui devient la voix de la nature à la recherche du sens : « un poème murmure/un chemin vaste et lumineux/qui donne sens/à ce qu'on appelle *humanité* ».

3 « Prendre le large vers moi-même »

- La relation avec la nature est **fusionnelle**. Les forêts, double de la poétesse « entendent nos rêves/et nos désenchantements ».
- L'immersion dans la nature permet un **retour sur soi** (« les forêts creusent/parfois une clairière/au-dedans de soi »). Ce rapport à la connaissance de soi s'exprime dans un **beau paradoxe** : « prendre le large/vers moi-même », un nouveau « Connais-toi toi-même » que l'on pourrait inscrire au fronton des forêts.

L'ESSENTIEL

La poésie, la nature, l'intime

La poésie et la nature
- métaphores et synesthésies pour décrire une forêt plurielle
- la poésie comme voix de la nature

La poésie et l'intime
- relation fusionnelle avec la nature
- un « je » qui partage ses craintes et ses espoirs

Quiz EXPRESS

Avez-vous bien révisé les fiches 7 à 12 ? On vérifie !

13

Les recueils de poésie au programme

1 *Cahiers de Douai*, de Rimbaud

▶ FICHES 7 et 8

1. Cochez les affirmations correctes.

☐ **a.** Rimbaud est un mauvais élève et un fugueur.

☐ **b.** Rimbaud connaît très bien la poésie de ses prédécesseurs.

☐ **c.** Rimbaud s'affranchit totalement des règles de la versification.

☐ **d.** Dans « Ma Bohème », Rimbaud exprime son goût pour la liberté.

2. Cochez la bonne réponse.

Les poèmes d'amour de Rimbaud sont...

☐ **a.** teintés d'autodérision.

☐ **b.** empreints d'un grand lyrisme.

☐ **c.** adressés à une seule femme.

2 *La rage de l'expression*, de Ponge

▶ FICHES 9 et 10

Cochez la bonne réponse.

***La rage de l'expression* est un recueil...**

☐ **a.** de poèmes en prose.

☐ **b.** de poèmes en vers libres.

☐ **c.** hétéroclite où se côtoient des formes très diverses.

3 *Mes forêts*, d'Hélène Dorion

▶ FICHES 11 et 12

Cochez les affirmations correctes.

☐ **a.** Dans *Mes forêts*, la ponctuation et les majuscules sont absentes.

☐ **b.** Hélène Dorion interroge l'histoire de l'humanité.

☐ **c.** *Mes forêts* idéalise la nature sans tenir compte des problèmes contemporains.

☐ **d.** L'auteure donne à ressentir « ses » forêts à travers de nombreuses images et correspondances.

CORRIGÉS

1 *Cahiers de Douai*, de Rimbaud

1. Réponses b et d.

Rimbaud est un adolescent fugueur qui exprime dans « Ma Bohème » son goût pour le vagabondage et la liberté. Excellent élève, il connaît très bien la poésie de ses prédécesseurs. Dans les *Cahiers de Douai*, il ne cherche pas à s'affranchir des règles de la versification, mais en use parfois librement (ex. enjambements).

> **Définition**
> **Enjambement** : construction dans laquelle la phrase court sur deux vers.

2. Réponse a.

Jeux de regards, baisers à peine posés, gaîté d'une rencontre, saynètes amoureuses : les poèmes « Rêvé pour l'hiver », « Les Reparties de Nina » et « Première soirée » sont légers, moqueurs et teintés d'autodérision.

2 *La rage de l'expression*, de Ponge

Réponse c.

Peu importe la forme qu'il va choisir, Ponge cherche surtout à trouver l'expression qui lui permet d'être au plus près de l'objet qu'il s'est choisi comme thème.

3 *Mes forêts*, d'Hélène Dorion

Réponses b. et d.

Hélène Dorion ne supprime pas totalement ponctuation et majuscules dans ce recueil. Au fil des poèmes, la nature est présentée comme un univers multisensoriel et signifiant, qui interroge l'histoire de l'humanité et notre rapport personnel au monde.

Les recueils de poésie au programme

1

Contre quoi Arthur Rimbaud se révolte-t-il dans ses poèmes ?

▶ FICHE 7

2

Les *Cahiers de Douai* ne sont-ils composés que de sonnets ?

▶ FICHES 7 ET 8

3

À quel mouvement Ponge appartient-il ?

▶ FICHES 9 ET 10

4

Dans *La rage de l'expression*, quel est le thème du poème « Berges de la Loire » ?

▶ FICHE 9

5

Dans *La rage de l'expression*, quel but Ponge se donne-t-il ?

▶ FICHES 9 ET 10

6

Quel type de vers trouve-t-on dans *Mes forêts* ?

▶ FICHE 12

7

Quelle est la relation entre Hélène Dorion et les forêts ?

▶ FICHES 11 ET 12

8

Que signifie « prendre le large / vers moi-même » (*Mes forêts*) ?

▶ FICHE 12

RÉPONSES

Efforcez-vous de répondre aux questions par vous-même avant de consulter les réponses, puis révisez régulièrement pour bien mémoriser.

1

- Rimbaud dénonce les **guerres** en général et en particulier celle menée par **Napoléon III**.
- Il se moque aussi de la petitesse d'esprit des **bourgeois.**

2

Le recueil est composé de 12 **sonnets** et 10 **autres poèmes de formes diverses**. Le sonnet, poème à forme fixe de 14 vers, côtoie d'autres poèmes plus longs comme « Soleil et chair » ou « Les Reparties de Nina »

3

Ponge participe un moment au **mouvement surréaliste mais le quitte** rapidement. Il dit qu'il « aime mieux les [les choses] faire dans le calme, un peu comme un anarchiste prépare sa bombe, un petit peu à l'écart »

4

Dans les « Berges de la Loire », Ponge **énonce les règles** qu'il se donne pour mener à bien son travail poétique.

5

Ponge cherche à s'effacer pour **donner toute sa place à l'objet**, grâce à un travail de **refonte du langage**.

6

L'auteure fait le choix du **vers libre**, ce qui ne veut pas dire qu'il ne faille pas être attentif à la diversité des mètres utilisés.

7

Hélène Dorion instaure une **relation intime** avec les forêts, elle est à leur écoute, cherche à les déchiffrer, elle entend le bruit du monde et l'écoulement du temps à travers elles.

8

Cette expression peut être interprétée ainsi : connaître et **comprendre les forêts c'est se connaître et se comprendre soi-même**.

Analyser un texte d'idées

L'analyse d'un texte d'idées suppose qu'on ait préalablement identifié le type d'argumentation, directe ou indirecte, dont il relève. Dans tous les cas, il convient de porter une attention particulière aux marqueurs logiques, énonciatifs et stylistiques.

I Identifier le schéma argumentatif

1 Repérer les articulations logiques

- Relevez les **connecteurs** qui marquent les articulations de la pensée ; identifiez la valeur éventuelle de la ponctuation (les **deux-points** révèlent par exemple un rapport de cause à conséquence).
- Prêtez attention aux **adverbes** qui marquent la progression du discours (*d'abord, ainsi, finalement…*).
- Dans le cas de l'argumentation indirecte, cherchez à dégager la part narrative de la part discursive, qui transparaît dans les commentaires et l'énoncé éventuel d'une leçon par l'auteur.

2 Dégager la thèse défendue

- Si la thèse est **explicite**, il faut situer précisément dans le texte le passage où elle apparaît et la reformuler de manière à montrer qu'on l'a bien comprise.
- Si la thèse est **implicite**, il s'agit de la formuler avec ses propres mots à partir des arguments donnés dans le corps du texte.

3 Identifier la stratégie argumentative

- Le repérage des **types d'arguments mobilisés** permet de préciser **l'angle d'attaque** privilégié par le locuteur :

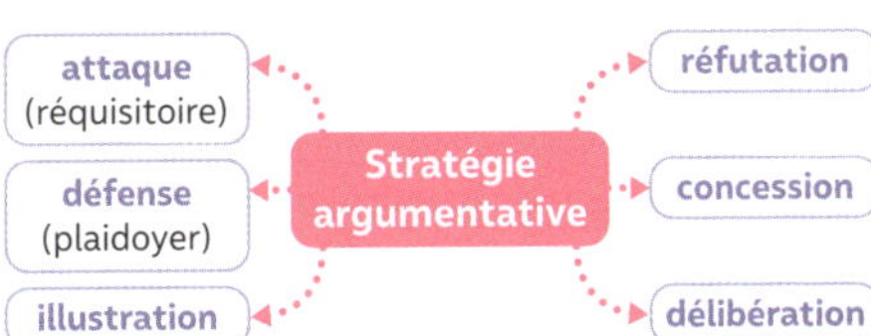

- La démarche d'ensemble peut choisir de privilégier l'adhésion du destinataire par la raison ou les sentiments ou l'inviter à mettre en balance plusieurs points de vue.
- Formes subjectives, l'éloge et le blâme doivent conduire à construire une image du locuteur et des valeurs auxquelles il adhère autant que de la personne visée.

II Étudier la situation d'énonciation

1 Du côté du locuteur

- Il faut observer comment se manifeste celui qui soutient sa thèse. Cela revient à étudier les marques de présence de la première personne, à travers les pronoms et les déterminants possessifs.
- Il convient également de chercher la présence de la modalité exclamative, des marques de jugement, des termes modalisateurs.

2 Du côté du destinataire

- On peut déterminer l'identité et le rôle de l'interlocuteur (simple auditeur ou lecteur, adversaire, complice) et porter attention à la manière dont il est présenté, interpelé, cité.
- Demandez-vous si et comment le lecteur est présent dans le texte.

III Étudier le lexique et les procédés stylistiques

1 Le lexique

- Observez les champs lexicaux et les liens qui les unissent.
- Identifiez les connotations (lexique évaluatif, appréciatif).
- Déterminez la tonalité du texte (comique, satirique, lyrique...) et les procédés d'expression qui la soutiennent.

> **Conseil**
> Soyez également attentif à la **typographie** qui signale l'importance d'un mot avec les lettres capitales ou l'italique, l'ironie avec des guillemets.

2 Les procédés stylistiques

- Répertoriez les figures de style et cherchez à interpréter leur rôle dans l'argumentation :
  - figures d'insistance (répétition, parallélisme, énumération, gradation, prétérition) ;
  - figures d'exagération (hyperbole) ;
  - images (comparaison, métaphore).
- Détectez la présence possible d'ironie et étudiez-en les effets.

Quiz EXPRESS

20

Avez-vous bien révisé les fiches 15 à 19 ? On vérifie !

La littérature d'idées

1 La littérature d'idées des XVIe et XVIIe siècles

▶ FICHE 16

Cochez la bonne réponse.

1. À quoi reconnaît-on un texte humaniste ?

☐ a. Il est écrit en latin.

☐ b. Il met l'être humain au centre de sa réflexion.

☐ c. Il place toute sa confiance en l'homme.

2. La devise des auteurs du classicisme est :

☐ a. d'instruire, de plaire et d'émouvoir.

☐ b. de convaincre, de persuader et de délibérer.

☐ c. de châtier les mœurs par le rire.

2 La littérature d'idées au XVIIIe siècle

▶ FICHE 17

L'écriture est un combat sous la plume des Lumières…

☐ a. parce qu'il faut parvenir à échapper à la censure de la Librairie.

☐ b. parce qu'il faut lutter contre l'obscurantisme, le fanatisme religieux, les formes abusives du pouvoir.

☐ c. parce que l'Église a le monopole de l'édition.

3 Étudier un texte d'idées

▶ FICHE 18

Quel est le type d'argument utilisé dans la phrase suivante ?

> Il faut que le poète traite son sujet selon le vraisemblable et le nécessaire ; Aristote le dit, et tous ses interprètes répètent les mêmes paroles […].
>
> Corneille

☐ a. un argument d'autorité

☐ b. un argument d'expérience

☐ c. un argument *ad hominem*

CORRIGÉS

1 La littérature d'idées des XVIe et XVIIe siècles

1. Réponse b.

Forgé sur le mot *humain*, l'humanisme centre sa pensée sur l'homme envisagé pour lui-même et non plus seulement dans son rapport à Dieu. Il met parallèlement à l'honneur les humanités, savoirs hérités de l'Antiquité gréco-latine.

2. Réponse a.

Le classicisme reprend à son compte la doctrine du poète latin Horace, « *Docere, placere, movere* », selon laquelle la création littéraire doit édifier le lecteur, le séduire tout autant que mobiliser ses sentiments.

Citation

« Châtier les mœurs par le rire » se trouve également dans *Art poétique* d'Horace, « *Castigat ridendo mores* », et renvoie à la mission de la comédie qui doit corriger les comportements humains sur un mode léger et agréable.

2 La littérature d'idées au XVIIIe siècle

Réponse b.

La plume des écrivains devient la meilleure arme pour diffuser à travers leurs écrits l'esprit de tolérance et encourager chaque lecteur à penser par lui-même.

3 Étudier un texte d'idées

Réponse a.

L'argument d'autorité s'enlève sur le respect dû à la personne dont on reprend les propos. La reconnaissance d'Aristote comme une figure éminente de la philosophie antique engage le lecteur à adhérer à la proposition énoncée par le locuteur.

À noter

Un **argument *ad hominem*** est un argument dirigé littéralement « vers un homme » c'est-à-dire qui s'en prend directement à sa personne.

Rabelais, *Gargantua*

Parcours : Rire et savoir

21

☐ OK

Gargantua narre les aventures d'un géant doté d'un formidable appétit de bonne chère et de savoir. À travers ce récit plein de verve et de fantaisie verbale, Rabelais livre un plaidoyer pour une culture humaniste.

I Connaître l'œuvre

1 L'auteur et le contexte

- **Érudit de la Renaissance**, François Rabelais a probablement vécu de 1483 à 1553. Il prend l'habit de moine puis devient médecin. Sa vocation littéraire s'affirme tardivement : son premier roman, *Pantagruel*, paraît en 1532, suivi en 1534 par *Gargantua*, qui fait l'objet d'une deuxième édition en 1542.

- Rabelais a acquis une très vaste culture en étudiant notamment les langues et les textes de l'Antiquité ainsi que le corps humain. L'écrivain illustre donc l'**idéal humaniste** qu'il préconise dans son œuvre.

> **À noter**
>
> C'est sous le **pseudonyme** d'Alcofribas Nasier (anagramme de ses prénom et nom) que François Rabelais signe *Gargantua*.

2 La structure de l'œuvre

- À l'instar de *Pantagruel*, *Gargantua* est construit comme une parodie d'épopée. Cependant, ce deuxième roman apparaît davantage marqué par l'**esprit satirique** : Rabelais raille la culture médiévale et promeut les idéaux de l'humanisme.

- *Gargantua* est découpé en **quatre ensembles** distincts (l'enfance, l'éducation, la guerre et l'abbaye de Thélème) : cette partition correspond à la composition des **romans de chevalerie** où étaient abordées successivement la formation, les prouesses et l'entrée en religion des héros.

II Comprendre le parcours

1 « Rire est le propre de l'homme »

- Dès l'« Avis aux lecteurs », Rabelais justifie son **parti pris comique** en se fondant sur une maxime empruntée au traité *Les Parties des animaux* d'Aristote. Mécanisme caractéristique de l'humain, le rire apparaît à l'auteur de *Gargantua* comme une panacée, c'est-à-dire un remède universel à la douleur et au chagrin auxquels l'homme est en proie au cours de sa vie.

- Le rire rabelaisien s'abreuve à de multiples sources : il emprunte à la **farce** avec des effets de décalage ; puise dans le **lexique populaire**, voire grossier ; joue du **gigantisme** des personnages ; se fait **parodie** quand il imite le discours des doctes ; recourt aussi à l'**ironie** pour rendre le texte ambivalent.

> **Conseil**
>
> L'**ironie** appelle les lecteurs rabelaisiens à réfléchir : il faut parfois mettre en doute la parole même qui se déploie dans le roman et évaluer la valeur de vérité des énoncés.

- Le comique n'est pas une fin en soi sous la plume de Rabelais. Il se comprend dans le cadre d'une **pensée chrétienne** et cherche à contrebalancer la faiblesse humaine en incitant au discernement.

2 Le « gai savoir »

- Le « Prologue » de *Gargantua* se place sous l'autorité de **Socrate**, **figure du sage antique** dissimulé sous les traits d'un bon vivant : derrière l'apparence comique se cache un « divin savoir ». Rabelais, comme Socrate, amène son lecteur à devenir plus instruit et à se connaître soi-même.
- Chez Rabelais, le rire s'attaque aux vices des institutions comme des individus : il met en cause et libère ; il corrige et invite à la délibération. La satire se met au service de la pédagogie : elle véhicule les **idées humanistes**.
- Pour le lecteur, il s'agit moins d'être bon public qu'« entommeur » (briseur) de la « substantifique moelle », à l'image d'un chien de chasse qui ronge l'os jusqu'à en atteindre le meilleur morceau. Les aventures romanesques de Gargantua se lisent ainsi comme une chasse de vérité, un **récit allégorique** à décrypter.

L'ESSENTIEL

Gargantua, Rabelais (1534-1542)

- **Mouvement :** humanisme
- **Thème :** l'éducation et les aventures burlesques d'un géant
- **Visées :** susciter une pensée critique par le rire, promouvoir les idées humanistes

Rabelais, *Gargantua* (chap. XI à XXIV)

Parcours : La bonne éducation

22

☐ OK

Le roman *Gargantua*, narre les aventures du géant éponyme et propose un questionnement philosophique sous une apparence comique. Le récit de l'éducation du héros contribue ainsi à la formation du lecteur.

I Connaître l'œuvre

1 L'auteur et le contexte

- **Érudit de la Renaissance**, François Rabelais a probablement vécu de 1483 à 1553. Il prend l'habit de moine puis devient médecin. Sa vocation littéraire s'affirme tardivement : son premier roman, *Pantagruel*, paraît en 1532, suivi en 1534 par *Gargantua*, qui fait l'objet d'une deuxième édition en 1542.

- Rabelais a acquis une très vaste culture en étudiant notamment les langues et les textes de l'Antiquité ainsi que le corps humain. L'écrivain illustre donc l'**idéal humaniste** qu'il préconise dans son œuvre.

À noter

C'est sous le **pseudonyme** d'Alcofribas Nasier (anagramme de ses prénom et nom) que François Rabelais signe *Gargantua*.

2 La structure de l'œuvre

- À l'instar de *Pantagruel*, *Gargantua* est construit comme une parodie d'épopée. Cependant, ce deuxième roman apparaît davantage marqué par l'**esprit satirique** : Rabelais raille la culture médiévale et promeut les idéaux de l'humanisme.

- Les chapitres XI à XXIV de *Gargantua* sont consacrés à l'enfance et l'éducation du protagoniste principal : cette composition fait écho à la structure des **romans de chevalerie** qui s'ouvraient traditionnellement sur un développement consacré à la formation des héros.

II Comprendre le parcours

1 Un roman de formation

- Aux premiers chapitres de l'œuvre, qui rapportent la naissance du géant, succèdent ceux, numérotés de XI à XIII, centrés sur les jeux d'enfant de Gargantua, où il manifeste déjà des aptitudes certaines. Les chapitres suivants, jusqu'au vingt-quatrième, narrent son **éducation** en Utopie puis à Paris.

Mot-clé

La **scolastique** renvoie à un type d'enseignement médiéval qui favorise une approche abstraite des savoirs, notamment par l'usage de sophismes (raisonnements ayant l'apparence de la vérité).

- À l'enseignement sophistique de Thubal Holoferne et de Jobelin Bridé, le père de Gargantua va préférer celui du sage Ponocrates. Rabelais oppose ainsi deux modèles d'éducation : celui des maîtres de la scolastique et celui d'un précepteur nourri aux idées de l'**humanisme**, telles qu'on les trouve développées chez Érasme dans *De l'éducation des enfants* (1529).
- L'éducation humaniste favorise le développement de l'**esprit**, en associant connaissances théoriques et savoirs expérimentaux, mais aussi celui du **corps** grâce à des exercices physiques répétés.

2 La « substantifique moelle »

- La bonne éducation se définit d'abord pour Rabelais en réaction à l'« obscurantisme » médiéval. Il s'agit de se défaire des superstitions et des préjugés pour affirmer le **principe de perfectibilité humaine**.
- Le récit de la jeunesse de Gargantua mêle allusions savantes et épisodes grotesques ; il combine références réalistes et détails fantaisistes. Cette ambivalence crée des effets comiques de **décalage** qui amènent finalement le lecteur à réfléchir aux principes d'une éducation réussie.
- Le roman rabelaisien définit moins un modèle d'éducation qu'il ne livre une méthode dans laquelle la **science** s'accompagne toujours de **conscience**. Pour Rabelais, l'homme éduqué est un individu instruit et un être moralement responsable.

L'ESSENTIEL

Gargantua, chap. XI à XXIV
Rabelais
(1534-1542)

- **Mouvement :** humanisme
- **Thème :** l'éducation d'un géant
- **Visées :** susciter une pensée critique par le rire, promouvoir les idées humanistes

La Bruyère, *Les Caractères* (livres V à X)

Parcours : La comédie sociale

23

☐ OK

Dans *Les Caractères*, La Bruyère donne à voir les ridicules de ses contemporains et dénonce la société du paraître qui triomphe à la Cour ou dans les salons.

I Connaître l'œuvre

1 L'auteur et le contexte

- Issu de la bourgeoisie, Jean de La Bruyère (1645-1696) acquiert une charge de trésorier après des études de droit. En 1684, sa carrière connaît une ascension notable : il devient précepteur du duc Louis de Bourbon, petit-fils du Grand Condé.
- La Bruyère entre à l'Académie française en 1693 et prend le parti des « Anciens », admirateurs et imitateurs de l'Antiquité, dans la « querelle » qui les oppose aux « Modernes », soucieux de renouveler les formes artistiques.

2 La structure de l'œuvre

- Inspirée des *Caractères* du Grec Théophraste (372-287 av. J.-C.), l'œuvre de La Bruyère se présente comme une traduction de l'auteur antique, sorte de caution morale et littéraire. Au fil des éditions (1688-1696), La Bruyère y ajoute un mélange original de descriptions, remarques et aphorismes dans le goût de l'époque classique, qui rejoint l'esthétique de la conversation mondaine.
- Au-delà du désordre apparent de l'œuvre, certains regroupements apparaissent : les livres I à IV dépeignent la psychologie de l'homme (son esprit, son mérite, son cœur) ; les livres V à X proposent une peinture de la société et du pouvoir ; les livres XI à XVI étudient l'homme dans une perspective morale et religieuse.

II Comprendre le parcours

1 Un miroir de la société

- La Bruyère fait autant œuvre d'historien, à la manière de Saint-Simon, que de moraliste à l'instar de La Rochefoucauld.

Mot-clé

Un **moraliste** observe et décrit le comportement de ses semblables afin d'instruire le lecteur.

- La société dépeinte dans *Les Caractères* n'est plus régie par l'ordre ancien : les « **Grands** » n'ont plus que les « dehors » de l'aristocratie et la **bourgeoisie** se hisse au rang de cette dernière par l'argent et les intrigues.
- Toutes les **conditions** – de l'artisan au souverain – et tous les **profils** psychologiques – de la coquette au distrait – sont décrits. Cet examen détaillé oppose ceux qui sont utiles au fonctionnement de la société à ceux dont le comportement n'est fondé que sur le paraître et sur l'artifice, et qui la dénaturent.

2 Divertir en corrigeant les mœurs

- La Bruyère excelle dans l'art du portrait. Les caricatures qu'il dresse de ses contemporains visent à créer des « **types** » humains. La façon dont il met en scène les travers et les manies des hommes suscite le rire et fait écho, de manière efficace, au thème du *theatrum mundi* (théâtre du monde). Au-delà du traité rhétorique, l'œuvre s'apparente souvent à une comédie aux accents baroques.

> **Mot-clé**
> La notion de ***theatrum mundi*** est un héritage baroque. Au sein de la société, chacun joue un rôle, consciemment ou malgré lui, sur la grande scène du monde.

- Le style de l'auteur s'attache à mettre au jour les défauts des êtres et les tares de la société : la **précision** des formules fouille les replis de l'âme humaine ; l'**exagération** et le goût de l'anecdote emportent le rire.
- Le comique devient ainsi un instrument puissant au service de la **critique des institutions et des préjugés** dont se souviendront les philosophes du siècle des Lumières.

L'ESSENTIEL

Les Caractères, livres V à X
La Bruyère
(1688-1696)

- **Mouvement :** classicisme
- **Thème :** l'étude des mœurs dans une société fondée sur le paraître
- **Visées :** dévoiler l'envers du « Grand Siècle », mettre au jour les ressorts de la nature humaine

La Bruyère, *Les Caractères* (livre XI)

Parcours : Peindre les Hommes, examiner la nature humaine

24

☐ OK

***Les Caractères ou Les Mœurs de ce siècle* présentent une collection de réflexions, maximes et portraits, qui offre une sorte d'inventaire de l'homme, de ses valeurs et de ses pratiques.**

I Connaître l'œuvre

1 L'auteur et le contexte

- Issu de la bourgeoisie, Jean de La Bruyère (1645-1696) acquiert une charge de trésorier après des études de droit. En 1684, sa carrière connaît une ascension notable : il devient **précepteur** du duc Louis de Bourbon, petit-fils du Grand Condé.
- La Bruyère entre à l'**Académie française** en 1693 et prend le parti des « Anciens », admirateurs et imitateurs de l'Antiquité, dans la « querelle » qui les oppose aux « Modernes », soucieux de renouveler les formes artistiques.

2 La structure de l'œuvre

- Inspirée des *Caractères* du Grec **Théophraste** (372-287 av. J.-C.), l'œuvre de La Bruyère se présente comme une traduction de l'auteur antique, sorte de caution morale et littéraire. Au fil des éditions (1688-1696), La Bruyère y ajoute un **mélange original** de descriptions, remarques et aphorismes dans le goût de l'époque classique.
- Au-delà du **désordre** apparent de l'œuvre et de la fragmentation de ses énoncés, certains **regroupements** apparaissent : les livres I à IV dépeignent la psychologie de l'homme (son esprit, son mérite, son cœur) ; les livres V à X proposent une peinture de la société et du pouvoir ; les livres XI à XVI étudient l'homme dans une perspective morale et religieuse.

II Comprendre le parcours

1 La peinture des hommes

- Intitulé « De l'Homme », le livre XI annonce d'emblée son ambition anthropologique : le propos est de **décrire l'être humain** dans ses singularités, ses étrangetés, ses passions et ses faiblesses, de l'enfance à la vieillesse.

- Dans les salons littéraires, les contemporains tentent de reconnaître ceux qui sont visés par les portraits. Toutefois, les descriptions cherchent à dépasser l'anecdotique pour peindre des caractères, c'est-à-dire des « types » universels.
- Les portraits, en particulier, offrent une observation minutieuse des hommes, émaillée de détails concrets et pittoresques, qui tend à la caricature. Piquante, la description peut virer à la satire et le tableau du genre humain prend parfois des airs de comédie à la façon de Molière.

2 L'examen de la nature humaine

- Collection d'énoncés sous la forme de fragments, de maximes ou de portraits, *Les Caractères* passent au crible la nature humaine pour en révéler les incohérences, l'émiettement, voire le néant. La Bruyère rejoint ainsi les moralistes, de La Rochefoucauld à Pascal.

Mot-clé

Un **moraliste** observe et décrit le comportement de ses semblables. S'il cherche à instruire le lecteur, il ne se fait pas pour autant moralisateur.

- Méthodiques et lucides, les cent-cinquante-huit remarques du livre XI épinglent différents spécimens d'humanité avec leurs traits psychologiques et moraux. Entre discernement et caractérisation, la démarche de l'écrivain rappelle celle des sciences, incarnée notamment par Descartes.
- La Bruyère veut plaire à son lecteur tout en cherchant à l'édifier, conformément à la doctrine classique. Mais il fait aussi le procès d'une société en proie aux dysfonctionnements, comme le feront plus tard certains philosophes des Lumières.

L'ESSENTIEL

Les Caractères, livre XI
La Bruyère
(1688-1696)

- **Mouvement :** classicisme
- **Thème :** l'étude des comportements et des travers des hommes
- **Visées :** dévoiler l'envers du « Grand Siècle », mettre au jour les ressorts de la nature humaine

Quiz EXPRESS 26

Avez-vous bien révisé les fiches 21 à 25 ? On vérifie !

Les œuvres de littérature d'idées au programme

1 Le *Gargantua* de Rabelais

FICHES 21 ET 22

Cochez les affirmations correctes.

- ☐ **a.** Rabelais est un moine du Moyen Âge.
- ☐ **b.** Rabelais est un humaniste de la Renaissance.
- ☐ **c.** Le roman *Gargantua* s'apparente à une parodie d'épopée.
- ☐ **d.** *Gargantua* est la transposition moderne d'une légende populaire.

2 *Les Caractères* de La Bruyère

FICHES 23 ET 24

1. La Bruyère est connu pour…

- ☐ **a.** avoir inventé le genre du « caractère ».
- ☐ **b.** faire partie des moralistes classiques.
- ☐ **c.** avoir été le précepteur du Dauphin.

2. *Les Caractères* sont…

- ☐ **a.** un recueil de caricatures des contemporains de l'auteur.
- ☐ **b.** un classement des différents profils de la psychologie humaine.
- ☐ **c.** une collection de portraits, maximes et réflexions sur la nature humaine.

3 La *Déclaration des droits de la femme et de la citoyenne* d'O. de Gouges

FICHE 25

Cochez les affirmations correctes.

- ☐ **a.** Olympe de Gouges a fondé le mouvement féministe.
- ☐ **b.** Olympe de Gouges a payé de sa vie son engagement et ses idées.
- ☐ **c.** Sa *Déclaration* représente le premier texte littéraire à valeur légale.
- ☐ **d.** Sa *Déclaration* constitue un texte fondateur de la revendication des femmes à l'égalité avec les hommes.

CORRIGÉS

1 Le *Gargantua* de Rabelais

Réponses b et c.
Successivement moine, médecin et écrivain, Rabelais fait partie des penseurs qui, au XVIe siècle en France, ont placé l'homme au cœur de leurs préoccupations et auxquels on a donné le nom d'humanistes. Les humanités, c'est-à-dire les œuvres issues des langues et des cultures antiques, constituent pour ces hommes de la Renaissance des modèles et des sources d'inspiration. L'épopée a ainsi fourni au roman *Gargantua* son schéma narratif, sur un mode burlesque.

2 *Les Caractères* de La Bruyère

1. Réponse b. Inspirée des *Caractères* de l'auteur grec Théophraste, l'œuvre de La Bruyère, fait entrer son auteur dans la catégorie des moralistes, autrement dit des écrivains qui étudient les mœurs des hommes. Les portraits de La Bruyère décrivent notamment les comportements et les travers humains pour distraire et instruire les lecteurs, en accord avec la doctrine classique.

À noter

Le Dauphin est le titre attribué à sa naissance au fils aîné du roi de France régnant. À l'époque de La Bruyère, il s'agit du fils aîné de Louis XIV, à qui le premier recueil des *Fables* de La Fontaine est dédié.

2. Réponse c. Mélange original de portraits, maximes et réflexions sur la nature humaine, les *Caractères* empruntent leur esthétique à la conversation mondaine, et leur esprit au cabinet de curiosités, sans prétendre à l'exhaustivité scientifique. Certains contemporains de La Bruyère y ont vu des textes à clés, dans lesquels reconnaître des personnes caricaturées par le moraliste.

3 La *Déclaration des droits de la femme et de la citoyenne* d'O. de Gouges

Réponses b et d. Femme engagée dans la vie politique, Olympe de Gouges a pris une part active à la Révolution française. Son hostilité au régime de la Terreur lui a valu d'être guillotinée en 1793. Pastiche de la *Déclaration des droits de l'homme et du citoyen* votée 1789, la *Déclaration* d'Olympe de Gouges n'a pas de valeur légale, mais elle a compté dans l'histoire de la pensée féministe.

FLASHCARDS

Mémorisez les idées clés des fiches 21 à 25 !

27

Les œuvres de littérature d'idées au programme

1

En quoi le roman *Gargantua* relève-t-il de la littérature d'idées ?

▶ FICHES 21 ET 22

2

Quelles sont les fonctions du comique chez Rabelais ?

▶ FICHES 21 ET 22

3

Quels idéaux de l'humanisme sont véhiculés par *Gargantua* ?

▶ FICHES 21 ET 22

4

Les Caractères appartiennent-ils à l'argumentation directe ou indirecte ?

▶ FICHES 15, 23 ET 24

5

Quelles sont les principales visées du portrait chez La Bruyère ?

▶ FICHES 23 ET 24

6

Les Caractères sont-ils un traité sur la nature humaine ?

▶ FICHES 23 ET 24

7

À quel(s) type(s) de texte faut-il rattacher la *Déclaration des droits de la femme et de la citoyenne* ?

▶ FICHE 25

8

Sur quoi l'efficacité argumentative du discours d'Olympe de Gouges repose-t-elle ?

▶ FICHE 25

RÉPONSES

Efforcez-vous de répondre aux questions par vous-même avant de consulter les réponses, puis révisez régulièrement pour bien mémoriser.

1

À travers le récit des aventures de Gargantua, de sa formation à ses prouesses chevaleresques, Rabelais **expose indirectement ses idées** en matière d'éducation ou encore de religion.

2

Le **comique** remplit plusieurs fonctions chez Rabelais : il allège le fardeau de l'existence, se moque des autorités illégitimes, et incite à la réflexion par des effets de grossissement ou de décalage.

3

Gargantua illustre plusieurs principes humanistes :
- les mérites d'une **éducation** équilibrée ;
- la valeur du **savoir** conçu comme source de sagesse ;
- la **confiance** mise en l'homme.

4

Les Caractères relèvent de l'**argumentation directe** : l'auteur y traite sans médiation des comportements et des travers humains, notamment dans ses portraits.

5

Le portrait illustre un « **type** » de caractère répertorié par le moraliste au sein de la nature humaine ; s'il tend vers la caricature, le portrait se fait **satire**, à la fois comique et mordante.

6

Le traité se caractérise par son exhaustivité et sa composition rigoureuse. La Bruyère **ne prétend pas tout dire** de l'homme mais en saisir les facettes les plus saillantes et contradictoires, sous une **forme fragmentée**.

7

Le texte d'Olympe de Gouges constitue d'abord un **pastiche** de la *Déclaration* de 1789 ; c'est aussi un **plaidoyer** en faveur de l'égalité entre hommes et femmes ; c'est enfin un **manifeste** avant l'heure (postambule).

8

Ce discours prend la forme d'un **texte juridique** composé de dix-sept articles ; ses arguments et exemples sont concrets et vérifiables ; les ressources de l'**art oratoire** y sont mises au service de la persuasion.

Les écritures narratives

28

☐ OK

Le terme *récit* englobe plusieurs genres qui correspondent à des formes d'écriture narrative différentes et qui dépendent étroitement du contexte historique et littéraire.

I Les genres du récit

Il existe un grand nombre de genres et sous-genres du récit. On peut les répartir en quatre grandes catégories :

- le **récit de fiction** dans lequel le narrateur (à ne pas confondre avec l'auteur) raconte une histoire fictive à la première ou à la troisième personne. Ce type de récit peut se présenter sous forme longue (roman) ou courte (nouvelle) ;
- les **écritures narratives à la première personne**, dans lesquelles le « je » qui raconte est en même temps le narrateur, l'auteur et le personnage principal (autobiographie, journal intime) ou témoin prenant une part importante à l'histoire (mémoires) ;
- la **littérature de voyage**, qui relate un voyage réellement effectué par l'auteur ;
- les **chroniques**, qui rapportent chronologiquement des événements du réel.

II Les caractéristiques de l'écriture narrative

1 La structure

Tout récit développe une intrigue qui a un début et une fin et se construit sur une **succession de péripéties**.

Le récit de fiction respecte généralement les **cinq étapes du schéma narratif** : la situation initiale ; l'élément perturbateur ; les péripéties ; le dénouement ; la situation finale.

Mot clé

L'**enchâssement** de récits secondaires peut venir complexifier la structure du récit principal.

Dans un roman, l'**incipit** introduit l'action, dresse le décor, donne le ton. Dans un récit non fictif, l'auteur crée un pacte de lecture, en énonçant plus ou moins clairement ses intentions (dire la vérité, relater des événements vécus, témoigner). Dans les deux cas, il s'agit d'instaurer une relation privilégiée avec le lecteur.

2 Les personnages

Le récit ne peut se passer de personnages, qu'ils soient fictifs ou réels.

- Dans un récit, les personnages tissent un réseau de relations. Le **schéma actantiel** en rend compte : le héros, ou sujet, cherche à atteindre un but, l'objet. Dans cette quête, il rencontre des aides, les adjuvants, et des obstacles, les opposants. La quête est commanditée par un émetteur, le destinateur, au bénéfice d'un destinataire qui juge de sa réussite ou de son échec.

- On peut aussi étudier les personnages selon un **système de valeurs**.

À noter

Certains personnages sont tellement associés à la **valeur** qu'ils représentent que leur nom devient un nom commun. Ex. : *C'est un vrai rastignac.* (= un arriviste, du nom du héros de Balzac).

III L'importance du contexte

- Les récits diffèrent en fonction de la **réalité historique** qui les voit naître. Mais ils ne donnent pas seulement à voir la réalité d'une époque, ils en proposent une **interprétation**.

- Ainsi, le voyageur dans la Lune de Cyrano de Bergerac, auteur français du XVIIe siècle, et les voyageurs interstellaires de Bradbury, auteur américain du XXe siècle, entreprennent un voyage bien différent : ils s'inscrivent dans des esthétiques distinctes et révèlent des interrogations humaines propres à leur époque respective.

L'ESSENTIEL

Les écritures narratives

Genres
- récit de fiction (roman, nouvelle)
- écriture narrative à la 1re personne (autobiographie, journal intime, mémoire)
- littérature de voyage, chroniques

Caractéristiques
- schéma narratif :
  1. situation initiale
  2. élément perturbateur
  3. péripéties
  4. dénouement
  5. situation finale
- schéma actanciel : sujet, objet, quête, adjuvants, opposants

Le récit, du Moyen Âge au XVIIIe siècle

29

☐ OK

Durant cette période, le récit connaît une grande évolution, de la chanson de geste au roman libertin, de la naissance du roman à l'anti-roman.

I Du Moyen Âge au XVIe siècle

1 Le Moyen Âge et la naissance du roman

- Le terme « roman » naît au XIIe siècle pour désigner un récit écrit en langue romane, et non plus en latin : il s'agit de chansons de geste, récits des aventures d'un chevalier.
- Chrétien de Troyes s'inspire de la légende du Graal et du cycle arthurien pour écrire cinq romans en vers, dont *Perceval ou le Conte du Graal* qui raconte la quête spirituelle du chevalier Perceval.

2 Le XVIe siècle : le récit au service de l'humanisme

L'esprit de la Renaissance et de l'humanisme s'exprime dans les trois grands romans de Rabelais, *Pantagruel, Gargantua* et *Le Tiers Livre.* Derrière le burlesque et les aventures extraordinaires de deux géants, le lecteur est amené à réfléchir sur la guerre, la religion, l'accès au savoir…

II Au XVIIe siècle

- Le roman pastoral (*L'Astrée* d'Honoré d'Urfé, 1607-1628) met en scène des bergers et des bergères dont les conversations reprennent celles des salons précieux.
- Le roman héroïque et précieux montre des héros idéalisés impliqués dans des épopées et intrigues complexes. *Artamène ou le Grand Cyrus* (1649-1653) de Georges et Madeleine de Scudéry en est l'illustration.

Mot clé

La **préciosité** se caractérise par un raffinement extrême du comportement et du langage.

- Le roman baroque foisonne d'exubérance et de rebondissements. On peut citer *L'Autre Monde ou les États et Empires de la Lune et du Soleil* (1657) de Cyrano de Bergerac, qui narre un voyage fantaisiste et philosophique dans la Lune et le Soleil.
- Le roman réaliste et satirique dresse le tableau des mœurs de l'époque. Il en va ainsi du *Roman comique* (1651-1657) de Paul Scarron.

- Le **roman d'analyse** décrit les variations de la passion et relève d'une esthétique classique, à l'image de *La Princesse de Clèves* (1678), récit bref qui oppose passion et raison à la cour du roi Henri II vers 1550. L'analyse psychologique du personnage en fait un roman moderne.

III Au XVIIIe siècle

1 Le récit à la première personne

- Le **roman picaresque**, hérité d'un genre né en Espagne au XVIe siècle, raconte les aventures d'un *picaro* (personne en marge de la société). Lesage écrit *Les Aventures de Gil Blas de Santillane* (1715) dont le héros voyageur part à la recherche d'aventures plus ou moins honnêtes.
- Le **roman-mémoires** donne la parole à des personnages de fiction qui racontent, à la première personne, les étapes de leur vie, et notamment leur ascension sociale (Marivaux, *Le Paysan parvenu,* 1735, et *La Vie de Marianne,* 1731-1741) ou leur déchéance (l'abbé Prévost, *L'Histoire de Des Grieux et de Manon Lescaut,* 1731).
- Le **roman épistolaire** croise la correspondance de plusieurs épistoliers fictifs : deux voyageurs persans dans les *Lettres persanes* de Montesquieu (1721), un couple de libertins et leurs « victimes » dans *Les Liaisons dangereuses* de Laclos (1782). L'absence de narrateur donne au récit une apparence d'objectivité.

2 L'anti-roman

Certains auteurs, tel Diderot dans *Jacques le fataliste* (1796), interrogent le genre romanesque pour le contester : on parle d'**anti-roman**. Le dialogue de Jacques et de son maître, sans cesse entrecoupé par des apostrophes au lecteur, rappelle l'illusion de la convention romanesque et empêche toute adhésion au récit.

L'ESSENTIEL

Du Moyen-Âge au XVIe siècle	Émergence du genre romanesque
XVIIe siècle	Préciosité, baroque et classicisme
XVIIIe siècle	Les écritures du « je » et l'esprit de provocation

Le récit au XIXe siècle

30

☐ OK

Romantique, réaliste ou naturaliste, le XIXe siècle est le siècle du roman.

I Les grands courants littéraires

1 Le temps du romantisme

- Le récit romantique met souvent en scène **un héros en conflit avec la société**, qui s'en exclut par l'exil, (*René*, Chateaubriand, 1801) ou par un caractère hors du commun (*Corinne*, Madame de Staël, 1807).
- Le héros romantique est le plus souvent un **être passionné** chez qui domine une souffrance intime qui s'exprime dans l'affirmation d'un **« je » omniprésent**.
- Le romantisme peut **s'inspirer de l'Histoire** : les troubles de 1789, les campagnes de Napoléon, le retour de la monarchie et ses épisodes révolutionnaires, fournissent une riche matière. *Les Misérables* (1862) de Victor Hugo lui donnent une **dimension sociale**.

2 Une réaction : le réalisme

- À la subjectivité du « je » romantique, le réalisme oppose la volonté d'observer et représenter le réel avec **objectivité**, scrutant la société et ses travers.
- Dans *La Comédie humaine* (1830-1856), **Balzac** dresse un panorama de la société de son temps en créant des personnages représentatifs de tous les milieux. Ceux de **Stendhal** sont pris dans l'histoire contemporaine (*Le Rouge et le Noir* est sous-titré *Chronique de 1830*). Ceux de **Flaubert** appartiennent à la bourgeoisie provinciale (*Madame Bovary*, 1857) ou parisienne (*L'Éducation sentimentale*, 1869).
- Les romans réalistes sont souvent **romans d'apprentissage**. Ils retracent des **destins individuels** de héros dans une société cruelle qui les refuse (Julien Sorel chez Stendhal), dont ils profitent (Bel-Ami chez Maupassant), ou dont ils ne comprennent pas le fonctionnement (Frédéric Moreau chez Flaubert).

Citation

« Un roman est un miroir qui se promène sur une grande route. Tantôt il reflète à vos yeux l'azur des cieux, tantôt la fange des bourbiers... » (Stendhal)

3 Une prolongation : le naturalisme

- Dans le prolongement du réalisme, le récit naturaliste, qui a pour chef de file **Émile Zola**, se veut le **compte-rendu méthodique et documenté** de la réalité sociale de la fin du siècle.
- Le romancier pose un **œil scientifique** sur son personnage qui devient le cobaye d'une expérimentation montrant que l'homme est déterminé par son contexte et son hérédité (*Le Roman expérimental,* Zola, 1893).

II Des influences transversales

1 Le rôle du progrès

Dès 1836, les journaux conquièrent un lectorat plus grand grâce à des **romans-feuilletons** (Dumas, Sue, Balzac, Zola). Industrialisation et découvertes **scientifiques** fournissent de la matière aussi bien aux **récits d'anticipation** de Jules Verne qu'aux romans naturalistes de Zola.

2 L'attrait pour le voyage

- Que ce soit pour découvrir un monde premier (Chateaubriand, *Atala*, 1801), un pays proche (Stendhal, *Chroniques italiennes*, 1855), ou un ailleurs exotique (Flaubert, *Salammbô*, 1862), les romans du XIXe siècle font voyager les lecteurs.
- Les écrivains publient leurs **carnets et récits de voyage** : *L'Itinéraire de Paris à Jérusalem* (Chateaubriand, 1811), *Voyage en Orient* (Nerval, 1851)…

3 Le goût du fantastique

Le goût du fantastique traverse le siècle : aussi bien dans la période romantique (romantisme noir), que dans le réalisme (Balzac, Maupassant, Gautier, Mérimée). Il s'incarne souvent dans le format de la **nouvelle**.

L'ESSENTIEL

Le récit au XIXe siècle

Les grands courants
- romantisme (Mme de Staël, Hugo)
- réalisme (Balzac, Flaubert, Maupassant)
- naturalisme (Zola)

Les influences transversales
- le progrès (Dumas, Sue, Zola, Verne)
- le voyage (Stendhal, Nerval)
- le fantastique (Gautier, Mérimée, Maupassant)

Le récit depuis le XXe siècle

31

☐ OK

Le XXe siècle remet en question les fondements et les codes du roman : le traitement de l'intrigue et du personnage romanesque est renouvelé.

I Un renouveau

1 Repenser le roman

- La vision subjective et le monologue intérieur renouvellent la forme du récit. Dans *À la Recherche du temps perdu* (1913-1927) de Proust, le personnage et son destin cèdent la place à un « je » intériorisé.
- Certains auteurs interrogent la forme même du roman. Ainsi, dans *Les Faux-monnayeurs* (1925), André Gide met en abyme le travail de l'écrivain par une construction complexe faite d'emboîtements d'intrigues et d'une multiplicité de points de vue.

2 Interroger le sens de l'existence

- Les romans prenant pour thème les deux Guerres mondiales révèlent un homme englué dans des événements qu'il ne maîtrise pas : c'est le cas de Bardamu chez Céline (*Voyage au bout de la nuit,* 1932).
- L'homme dans toute sa détresse et le héros démythifié se rejoignent dans les personnages clochardisés de Beckett (*Molloy*, 1951), incapables d'action dans un monde dénué de sens.
- Si les romans de Camus (*L'Étranger*, 1942), et de Sartre (*La Nausée*, 1938), sont porteurs du sentiment de l'absurde, d'autres s'interrogent sur la portée de l'engagement de l'homme dans le monde, comme *La Condition humaine* (Malraux, 1933) ou *La Peste* (Camus, 1947).

II Des expérimentations

1 Le Nouveau Roman

Dans les années 1950-1970, le Nouveau Roman remet en cause les codes du roman.

- Sarraute (*L'Ère du soupçon*, 1956) refuse l'effet « trompe-l'œil », qui, sous prétexte de vouloir rendre le réel, détourne le lecteur de la « vérité profonde » de l'être.
- Robbe-Grillet (*Pour un nouveau roman*, 1963) refuse le personnage traditionnel et toute utilisation du réel comme support d'une intrigue.

- **Michel Butor** (*L'Emploi du temps*, 1956) se joue de la chronologie par de constants allers et retours entre le passé et le présent.

2 L'influence du surréalisme et de l'Oulipo

La vision surréaliste et le jeu avec les contraintes de l'Oulipo vivifient la création romanesque. André Breton (*Nadja*, 1928), Queneau (*Zazie dans le métro*, 1959), Boris Vian (*L'Écume des jours*, 1947), **poétisent le réel et se jouent des mots et de la langue.** Perec écrit un récit de 300 pages (*La Disparition*, 1969) sans utiliser la lettre *e*.

III Le mélange de genres

- L'**écriture autobiographique** reparaît mais dans des formes renouvelées : Nathalie Sarraute (*Enfance*, 1983) l'écrit sous forme de dialogue avec elle-même ; Georges Perec, (*W ou le souvenir d'enfance*, 1975) alterne une fiction écrite lors de son adolescence et le récit de son enfance écrit au présent.
- L'**autofiction,** hybride de roman et d'autobiographie, utilise la fiction pour accéder à la connaissance de soi. De nombreux auteurs s'y essaient, parmi lesquels Modiano avec *Dora Bruder* (1997).
- La **« non-fiction narrative »** tient à la fois du reportage, du documentaire et du récit romancé. *L'Adversaire* (1993), d'Emmanuel Carrère, récit d'un sinistre fait divers et du parcours de l'écrivain pour comprendre le criminel, en est un bon exemple.

Citation

« Depuis dix ans, on ne cesse de m'interroger sur la part de fiction qui entre dans mes livres. Or cette part de fiction, elle est nulle. » (Emmanuel Carrère)

L'ESSENTIEL

Le récit depuis le XIXe siècle

Renouveau
- interroger la forme du roman (Proust, Gide)
- interroger le sens de l'existence (Céline, Camus, Sartre)

Expérimentation
- Nouveau Roman (Sarraute, Butor)
- surréalisme, OuLiPo (Breton, Queneau, Vian)

Mélange des genres
- renouveau de l'autobiographie (Sarraute, Perec)
- autofiction (Modiano)
- « non-fiction narrative » (Carrère)

Analyser un extrait de récit

32

☐ OK

Après une première lecture, quelles sont les questions à se poser pour mieux comprendre un extrait de récit et dégager des axes d'analyse ?

I Situer et caractériser l'extrait

1 Quelle est la tonalité de l'extrait ?

Reconnaissez-vous une **tonalité dominante** (lyrique, comique, dramatique…) et des **procédés d'écriture** (choix du vocabulaire, syntaxe…) qui pourraient inscrire l'extrait dans un courant littéraire ou dans une époque ? Aidez-vous aussi des informations données par le paratexte.

2 Quelle est la fonction de l'extrait ?

- Déterminez le **rôle de l'extrait dans l'intrigue** : s'agit-il de faire avancer l'action (scène de rencontre, dialogue…) ou de donner des informations sur le cadre ou les personnages (flashback, description…) ?
- S'il s'agit du début du récit (**incipit**), vous devrez en tenir compte dans votre étude. Celui-ci joue en effet un **rôle spécifique** : il installe un cadre spatio-temporel, suggère une action à venir, ou présente un personnage.

> **Conseil**
> Essayez de **résumer l'extrait** en une phrase pour faire ressortir l'enjeu principal.

II Étudier la narration

1 Qui raconte ?

Le narrateur est **celui qui raconte** : il peut être **intérieur ou extérieur au récit**.

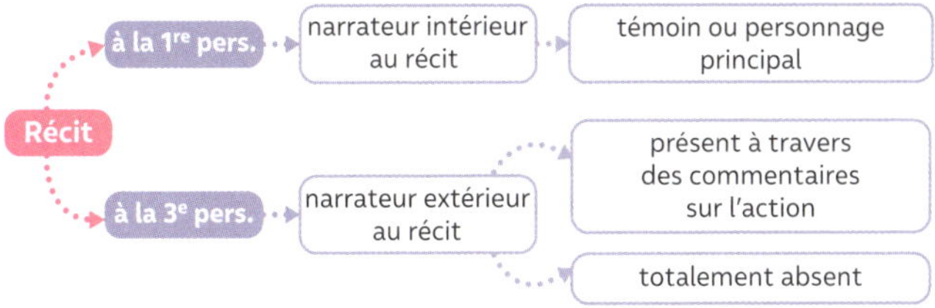

2 Quel est le point de vue du narrateur ?

Pour raconter l'histoire, le narrateur adopte un point de vue ou focalisation.

Focalisation externe	Le narrateur semble découvrir le personnage en même temps que le lecteur.
Focalisation zéro	Le narrateur est omniscient ; il connaît tout du personnage : son passé, son futur, ses pensées…
Focalisation interne	Le lecteur voit à travers le regard du personnage. Le narrateur s'efface pour laisser son personnage décrire, raconter…

III Analyser le traitement du temps

- Déterminez le moment de la narration par rapport au moment des faits. Le récit est souvent rétrospectif : les événements sont racontés au passé. Ils peuvent aussi être racontés au présent, au fur et à mesure de leur déroulement. Ils sont rarement racontés par anticipation avant leur déroulement effectif.

- Demandez-vous également si l'ordre chronologique est respecté ou s'il est perturbé par des analepses (retours en arrière) ou des prolepses (anticipation).

- Étudiez enfin le rythme du récit en comparant la durée des faits (F) et la durée de la narration (N). On distingue plusieurs cas de figures :
  - N = F (scène) ;
  - N > F (pause) ;
  - N < F (sommaire) ;
  - N = 0 (ellipse).

Exemple

Un dialogue constitue une **scène**, tandis qu'une description constitue une **pause**. Une indication comme « Trois années s'écoulèrent » est une **ellipse** et « Elle voyagea pendant plusieurs mois » un **sommaire**.

IV Analyser les personnages et le cadre

- Analysez les personnages et la manière dont ils sont présentés. Leur nom donne-t-il des informations (caractère, origine sociale, époque) ? Quels types de relations entretiennent-ils ? S'il s'agit d'un portrait, est-il physique et/ou moral, élogieux ou dépréciatif ?

- Les éléments du décor apportent-ils une information sur le personnage, sur celui qui décrit ? La description des lieux a-t-elle une valeur symbolique ou réaliste ?

Quiz EXPRESS 33

Avez-vous bien révisé les fiches 28 à 32 ? On vérifie !

Le récit

1 Le récit, du Moyen Âge au XVIIIe siècle

FICHE 29

Associez chaque auteur à son siècle.

a. Rabelais •	• Moyen Âge
b. Mme de La Fayette •	• XVIe siècle
c. Montesquieu •	• XVIIe siècle
d. Chrétien de Troyes •	• XVIIIe siècle

2 Le récit au XIXe siècle

FICHE 30

1. Associez chaque auteur au courant littéraire auquel il appartient.

a. Zola •	
b. Balzac •	• romantisme
c. Flaubert •	• réalisme
d. Hugo •	• naturalisme
e. Stendhal •	

2. Cochez les affirmations correctes.

☐ a. Le récit romantique est uniquement centré sur les malheurs d'un individu.

☐ b. Le récit réaliste prend le contrepied du récit romantique.

☐ c. Les romanciers réalistes refusent le fantastique.

3 Le récit depuis le XXe siècle

FICHE 31

1. Reliez chaque œuvre à son auteur.

a. *La Peste* •	• Malraux
b. *La Condition humaine* •	• Camus
c. *Nadja* •	• Breton

2. Cochez les affirmations correctes.

☐ a. Le Nouveau Roman s'inspire du roman réaliste.

☐ b. Le Nouveau Roman perturbe la chronologie linéaire.

☐ c. Le Nouveau Roman déconstruit le personnage traditionnel.

CORRIGÉS

1 Le récit, du Moyen Âge au XVIIIe siècle

a. Rabelais → XVIe siècle

b. Mme de Lafayette → XVIIe siècle

c. Montesquieu → XVIIIe siècle

d. Chrétien de Troyes → Moyen Âge

2 Le récit au XIXe siècle

1. a. Zola → naturalisme

b. Balzac → réalisme

c. Flaubert → réalisme

d. Hugo → romantisme

e. Stendhal → réalisme

2. Réponses b et c.
Si le récit réaliste, contrairement au récit romantique, s'inscrit dans le monde contemporain et s'attache à décrire le réel, cela n'empêche pas certains romanciers réalistes d'écrire des nouvelles fantastiques.

3 Le récit depuis le XXe siècle

1. a. *La Peste* → Camus

b. *La Condition humaine* → Malraux

c. *Nadja* → Breton

2. Réponses b et c.
Le Nouveau Roman refuse les codes du roman réaliste en perturbant la chronologie et en déconstruisant le statut des personnages.

Balzac, *La Peau de chagrin*

36

☐ OK

L'histoire de Raphaël, dont la vie dépend d'un étrange talisman, relève du roman réaliste et du conte fantastique.

I Premiers repères

1 L'auteur et le contexte

- Doté d'une énergie débordante, Honoré de Balzac (1799-1850) a écrit plus de **quatre-vingt-dix romans**.
- Pilier du **mouvement réaliste**, il développe une conception originale du roman. Dans ***La Comédie humaine***, vaste fresque qui englobe son œuvre, il entend « faire l'inventaire de la société française ». *La Peau de chagrin*, publiée en 1831, est son premier grand succès.

2 L'histoire en résumé

- **Première partie : « Le talisman ».** Raphaël de Valentin, jeune aristocrate ruiné, au bord du suicide, s'empare d'« une peau de chagrin » chez un vieil antiquaire. Capable d'exaucer tous ses désirs, elle rétrécit à chaque vœu réalisé et écourte d'autant la vie de son propriétaire. Incrédule, Raphaël formule un premier souhait – participer à un luxueux banquet – qui se réalise aussitôt.
- **Deuxième partie : « La femme sans cœur ».** Raphaël fait alors le récit de sa jeunesse studieuse et de sa passion malheureuse pour Fœdora, la « femme sans cœur ». Son deuxième vœu – disposer d'une fortune – se réalise mais la peau a rétréci. D'abord dubitatif, Raphaël est ensuite gagné par l'angoisse.
- **Troisième partie : « L'agonie ».** Devenu riche mais terrifié par la puissance maléfique de la peau, Raphaël vit reclus et tente de réfréner ses désirs. Il trouve un bonheur éphémère dans son amour pour Pauline, mais ne peut éviter le rétrécissement de la peau. Il meurt dans les bras de la femme aimée, consumé par ses propres désirs.

II Des clés pour l'analyse

1 Un roman en prise avec la société de son temps

- L'histoire se déroule sous la **monarchie de Juillet**, d'octobre à décembre 1830. La bourgeoisie, hostile à la République, a porté au pouvoir Louis-Philippe Ier, brisant l'élan de gloire de toute une génération.

- Déçue par les soubresauts politiques du début du siècle, la jeunesse romantique des années 1830 peine à trouver sa place dans la société. Raphaël partage avec cette génération le malaise diffus que Musset nomme « **mal du siècle** ». Bridé dans ses rêves, solitaire, **tourmenté**, usé avant l'âge, il finit broyé par un monde qu'il abhorre : « En sondant mon âme, je la trouvais gangrenée, pourrie. Le démon m'avait imprimé son ergot au front. »

À noter

En marge de la société qui laisse difficilement sa chance à qui n'a ni nom ni fortune, le **héros romantique** se caractérise par une sensibilité exacerbée. Ses rêves se heurtent à une réalité décevante.

2 Une coloration fantastique

- Balzac qualifie volontiers son roman de « **conte fantastique** », « **oriental** ». D'emblée, la peau s'impose comme un **objet intrigant** : d'aspect métallique, elle est nimbée de lumière et surmontée d'une inscription en arabe. Ses propriétés mystérieuses, qui la rendent capable d'accomplir tout désir, échappent à l'entendement des scientifiques que Raphaël appelle à son aide.
- Obnubilé par ce talisman dont il ne mesure que trop tard le danger, Raphaël **détermine sa vie et ses désirs** en fonction de cette peau : « La Peau de chagrin était comme un tigre avec lequel il lui fallait vivre sans en réveiller la férocité. »
- Le récit laisse planer un climat d'incertitude propre au fantastique : tantôt persuadé du pouvoir de ce talisman, tantôt incrédule, Raphaël se consume, comme la peau, pour avoir noué ce **pacte faustien**.

À noter

Pour le critique Tzvetan Todorov, le **fantastique** résulte d'une hésitation du lecteur sur la nature d'un événement inhabituel, qui peut être considéré comme réel ou illusoire.

L'ESSENTIEL

La Peau de chagrin, Balzac (1831)

- **Contexte :** monarchie de Juillet et « mal du siècle » de la génération romantique
- **Genre :** roman fantastique aux accents philosophiques
- **Thème :** vaut-il mieux vivre plus intensément moins longtemps, ou moins intensément plus longtemps ?

Les romans de l'énergie : création et destruction

37

☐ OK

Comment vivre, comment faire usage de notre énergie ? C'est l'un des thèmes fondamentaux de *La Peau de chagrin*.

I Qu'est-ce que l'énergie pour Balzac ?

1 Une force vitale en réserve

- Dans le système balzacien, chaque homme est doté d'un **capital d'énergie propre**, de force vitale innée (intellectuelle, physique et morale) qui se consomme ou se préserve, selon ses choix de vie.
- Figure de sagesse et de longévité (cent deux ans !), l'antiquaire livre le constat suivant : la nature humaine est réglée par **deux forces**, « **Vouloir et Pouvoir** », qui consument l'énergie vitale : « Vouloir nous brûle et Pouvoir nous détruit. »

> **À noter**
>
> Balzac est influencé par la **théorie vitaliste** de la médecine de l'époque qui estime que l'humain doit dépenser son énergie avec modération pour préserver son intégrité physique.

2 Une force aux usages variés selon les individus

- Certains usent de cette force vitale en **avares** (Fœdora), d'autres en **prodigues** (Raphaël). Terrifié par la perspective d'une vie abrégée, Raphaël prend finalement le parti d'économiser sa force vitale en menant une vie végétative, pour arrêter le resserrement de la peau.
- À l'instar de l'antiquaire qui choisit de vivre dans la sérénité, en se concentrant sur le Savoir, les hommes forts tirent parti d'une **énergie canalisée** et la placent au service d'une **volonté supérieure**.

II En quoi l'énergie est-elle une force ambivalente ?

1 L'énergie : une force créatrice…

- Dans sa jeunesse, Raphaël met son énergie au service de ses études. **Avide de gloire**, il rédige à corps perdu une *Théorie de la Volonté* ; brûlant d'amour, il se sent « **né pour aimer** ».
- Plus tard, il acquiert la peau de chagrin, qui peut d'abord apparaître comme une **concrétisation** de ce désir sans limite, de cette vitalité qui est une formidable force de création.

2 ... et destructrice

- Raphaël est porté à l'excès dans tous les domaines, mais ses élans de jeunesse sont vite balayés par un père despotique, une société fermée et arc-boutée sur l'argent, et le cœur glacé de Fœdora.
- Si la peau semble à même de le délivrer d'une existence frustrante, Raphaël **n'a pas su user de son pouvoir** : il ne parvient ni à créer, ni à agir, ni véritablement à aimer. Le bonheur amoureux partagé avec Pauline finit par le consumer. La **dépense de l'énergie vitale** le conduit progressivement à la mort.

III En quoi l'œuvre propose-t-elle une réflexion sur l'existence ?

1 Du bon usage de l'énergie

Balzac expose un **dilemme** : pour bien vivre, doit-on mener une vie courte, mais intense, ou une vie longue et paisible, mais proche de l'ennui ? Raphaël expérimente ces **deux extrêmes** sans succès.

2 Une réflexion complexe

Balzac **met en tension diverses manières d'être**. L'antiquaire est porteur d'une **voie modérée** : loin de gâcher sa force vitale par le « Vouloir » et le « Pouvoir », il mise sur le Savoir, gage de longévité. Cependant, s'il a longtemps privilégié une existence fondée sur la sagesse, il revient sur son choix de vie initial : « J'avais pris l'existence au rebours. Il y a toute une vie dans une heure d'amour. » L'auteur ne délivre **aucune leçon définitive** et renvoie le lecteur à ses propres réflexions.

L'ESSENTIEL

Les romans de l'énergie : création et destruction

Création
- propriétés magiques de la peau → capacité d'action très étendue
- perspectives vertigineuses offertes à Raphaël, avide de gloire et d'amour

Destruction
- excès de Raphaël → mauvais usage de son nouveau pouvoir
- tragique autodestruction du héros

Balzac, *Mémoires de deux jeunes mariées*

38

☐ OK

Ces *Mémoires* livrent la correspondance de deux jeunes femmes, évoquant leur difficile expérience conjugale.

I Premiers repères

1 L'auteur et le contexte

- Doté d'une énergie débordante, Honoré de Balzac (1799-1850) a écrit plus de **quatre-vingt-dix romans**. Pilier du **mouvement réaliste**, il développe une conception originale du roman. Dans ***La Comédie humaine***, vaste fresque qui englobe toute son œuvre, il entend « faire l'inventaire de la société française ».
- D'abord parus en feuilleton dans la presse, ces *Mémoires* s'insèrent dans *La Comédie humaine*. Renouant avec la tradition du **roman épistolaire**, l'auteur y propose une correspondance fictive.

2 L'histoire en résumé

- **Partie I (lettres I à XLVII).** À peine sorties du couvent où, coupées du monde, elles rêvaient d'amour, les deux jeunes aristocrates Louise de Chaulieu et Renée de Maucombe entament une correspondance intime. Renée est mariée la première par sa famille au baron Louis de l'Estorade, qu'elle s'évertue à rendre heureux. Elle mène une vie de « résignation et [de] dévouement » mais connaît les joies de la maternité. Au « grave Devoir », Louise préfère le « fol Amour ». Ardente et absolue, elle épouse par amour Macumer, un noble espagnol, qui meurt en deux ans, étouffé par cette passion invivable.
- **Partie II (lettres XLVIII à LVII).** Cinq ans plus tard, Louise s'éprend d'un poète, Marie Gaston, et l'épouse en secret. Elle meurt consumée par sa jalousie, tandis que Renée travaille à la réussite de sa famille.

II Des clés pour l'analyse

1 Une œuvre polyphonique

- De 1823 à 1835, Louise et Renée échangent sur un rythme de plus en plus lent. Cette correspondance donne à voir l'**évolution respective des deux femmes** qui, jeunes, partageaient les mêmes rêves.

- Chacune livre dans ses lettres sa propre expérience du monde et expose sa **vision de la vie** et des **moyens d'accéder au bonheur**.

2 Un témoignage sur la société de l'époque

- Romancier des mœurs, Balzac décrit avec réalisme le **mariage des filles** dans les milieux aristocratiques du XIXe siècle. Le mariage est, alors, un **contrat arrangé**. Loin d'être basé sur le sentiment amoureux, il repose sur des considérations économiques et sociales.
- Souvent délaissées au profit des fils qui héritent d'une grande partie de la fortune familiale, les filles, désargentées, peinent à trouver un mari et peuvent alors finir au couvent ou vieilles filles.
- De peur de devoir entrer au couvent, Renée, dépouillée de son héritage au profit de ses frères, **épouse un noble** de Provence que sa **famille lui destine**. Louise, en cédant sa fortune à l'un de ses frères, obtient de son père de pouvoir **choisir son mari** et épouse par amour un baron espagnol exilé.

3 Une vision critique de la place de la femme dans cette société

Le roman témoigne de la difficulté de la femme à accéder au bonheur par le mariage. Les deux héroïnes, mariées sans dot, tentent de **contourner les codes sociaux établis à leur désavantage**. Renée accède à un bonheur familial au prix d'un sacrifice calculé ; Louise connaît l'amour, mais en meurt prématurément.

Citation

« Pourquoi la Société prend-elle pour loi suprême de sacrifier la Femme à la Famille en créant ainsi nécessairement une lutte sourde au sein du mariage ? » se plaint Renée (lettre XX).

L'ESSENTIEL

Mémoires de deux jeunes mariées, Balzac (1841)

- **Contexte :** la France du début du XIXe siècle
- **Genre :** roman épistolaire témoignant de la condition des femmes au XIXe siècle
- **Thème :** le mariage permet-il à la femme d'accéder au bonheur ?

Raison et sentiments

39

☐ OK

L'opposition entre raison et sentiments traverse la littérature, tout particulièrement lorsqu'est abordé le thème de la passion amoureuse. Cette dualité est centrale dans *Mémoires de deux jeunes mariées*, où Renée incarne la raison, et Louise, l'amour-passion.

I Deux héroïnes qui s'opposent

1 Renée : le choix de la raison

- Mariée d'office à la sortie du couvent, Renée ne connaît pas la passion amoureuse. « Tu seras la partie romanesque de mon existence », déclare-t-elle à Louise.
- « Docteur en corset », elle philosophe sur sa condition. Elle pointe le fossé existant entre la Société et la Nature, et comprend que la société, en instituant le mariage, vise l'équilibre familial et social, au détriment des élans du cœur.

Pour aller + loin

Dans ***La Princesse de Clèves*** de Mme de Lafayette (1678), l'héroïne, mariée à un homme qu'elle estime, doit étouffer la passion qu'elle éprouve pour le duc de Nemours.

2 Louise : le choix de la passion amoureuse

- Louise ne peut concevoir l'existence sans l'absolu des passions. Exaltée, nourrie de lectures promptes à enflammer son imagination, elle s'abandonne à l'amour et fait de sa vie un « poème » dédié à l'être aimé.
- Elle s'enorgueillit de cet amour qui donne à sa vie son prix. Oscillant entre empathie et condescendance, elle plaint son amie, « pauvre chérie engloutie » dans un mariage raisonnable.

II Une opposition à nuancer

1 Des héroïnes complexes

- Pour autant, Renée, à défaut de connaître les exaltations d'une passion, trouve des « joies illimitées » dans la maternité : « *Fiat lux !* J'ai soudain été mère. »
- Louise, elle, est capable de froids calculs – elle met ainsi à l'épreuve ses prétendants, en s'assurant notamment de l'absolue soumission de Macumer – et d'une véritable intelligence politique.

2 Une même soif de bonheur

Énergiques et déterminées, Louise et Renée se rejoignent dans leur **quête de bonheur et d'indépendance**. Leur correspondance débat des voies possibles pour s'épanouir individuellement, malgré le poids des conventions sociales, et **conserver sa liberté** : Renée exige de son mari une certaine indépendance, quand Louise revendique l'empire qu'elle exerce sur un Macumer très épris.

III La raison contre le sentiment ?

1 Respecter ou faire fi des conventions sociales ?

- Se pliant à certaines normes sociales, Renée, « si raisonnable et si raisonneuse », prend le parti d'une **vie mesurée**, privilégiant « la Famille sainte et forte ». Elle souhaite des enfants riches, « bien placés dans l'État », et travaille à obtenir des charges pour son mari qui sera pair de France, aux ordres de Louis-Philippe. La **réussite sociale de son mari et de sa famille** contribue au bonheur de Renée.
- À l'opposé, refusant toute concession à la société, Louise cherche l'amour dans le mariage ; mais la **tyrannie du désir** la consume.

2 Quelle conclusion ?

- Les morts de Felipe et de Louise semblent **sanctionner les unions fondées sur la passion**. Pourtant, dans sa correspondance, Balzac concède à George Sand : « J'aimerais mieux être tué par Louise que de vivre longtemps avec Renée. »
- Il dresse un **constat sans illusions** et cherche pour la femme une voie qui ne la sacrifie pas aux exigences de la société. L'auteur se garde de prendre parti.

L'ESSENTIEL

Raison et sentiments

Deux manières d'envisager le mariage
- Louise, l'amour-passion : se consume d'amour jusqu'à la mort
- Renée, le choix du mariage de raison : s'épanouit dans son rôle de mère

Une même quête de bonheur
Deux destins pour interroger la possibilité, pour une femme, de s'épanouir sans se sacrifier aux exigences sociales.

Colette, *Sido* suivi de *Les Vrilles de la vigne*

40

☐ OK

Dans ses récits inspirés de sa propre vie, Colette nous emmène sur les traces de ses souvenirs et de ses sensations.

I Premiers repères

1 L'auteure et le contexte

- Sidonie Gabrielle Colette, dite Colette (1873-1954), passe son enfance dans l'Yonne. Son premier mari, l'écrivain Henry Gauthier-Villars, dit Willy, l'introduit dans le Tout-Paris de la Belle Époque. Avec son aide, elle publie avec succès la série des *Claudine* (1900-1903).

À noter

Willy est relecteur et correcteur du roman *Claudine à l'école* et le signe lors de sa parution en 1900. L'œuvre finit par être attribuée à Colette, sa véritable auteure.

- Séparée en 1906 de Willy, elle entame une relation avec Missy, la fille du duc de Morny. Colette mène une vie de femme libre et indépendante. Romancière, reporter, rédactrice de publicité, épistolière et journaliste, Colette fait cependant scandale pour ses activités parallèles, au music-hall.
- Les années 1920 lui apportent la gloire littéraire avec notamment des œuvres à tonalité autobiographique, telles que *La Maison de Claudine* (1922), *La Naissance du jour* (1928) et *Sido* (1930).

2 La composition

- *Sido* est une œuvre de maturité. L'auteure y évoque son enfance dans sa maison natale à Saint-Sauveur-en-Puisaye, dans les années 1880. L'œuvre est divisée en trois parties : la première est consacrée à Sidonie, dite « Sido », la mère de Colette ; la deuxième, « Le Capitaine », à son père Jules ; la troisième, « Les Sauvages », à son demi-frère Achille, son frère Léo et sa demi-sœur Juliette.
- *Les Vrilles de la vigne*, œuvre de jeunesse publiée en 1908, rassemblent des chroniques composées à une époque où Colette s'affirme, libérée du contrôle de Willy. Dans ces dix-huit courts récits oscillant entre fiction et réalité, elle revendique ses choix et sa propre liberté.

À noter

Le **recueil** a souvent été modifié par Colette qui a changé l'ordre des textes, en a supprimé ou ajouté.

II Des clés pour l'analyse

1 *Sido* : un portrait de famille autobiographique

- L'œuvre est une **mosaïque de souvenirs familiaux**, constituée de « petites touches » échappant à toute linéarité chronologique et **se succédant d'une façon aléatoire**.
- **Sido** est un **personnage omniprésent**, vers lequel chaque protagoniste converge. Le « regard gris voltigeant » de la mère, se posant sur les beautés insoupçonnées du monde, envoûte la fille et son père.
- Colette souhaite rendre la vie à un **passé à jamais perdu**, en évoquant avec **nostalgie** les lieux et les figures disparues : Achille, « l'aîné sans rivaux », mort quinze ans plus tôt ; la « mystérieuse demi-sœur », suicidée en 1908 ; le vieillissant Léo, ce « sylphe de soixante-trois ans ».

2 *Les Vrilles de la vigne* : des chroniques personnelles

- Réunissant des chroniques parues dans des journaux de l'époque, de 1905 à 1908, *Les Vrilles de la vigne* présentent une grande **variété de formes narratives** : des récits autobiographiques aux accents de poèmes en prose (« Nuit blanche », « Jour gris ») ; des « dialogues de bêtes » à l'écriture théâtrale (« Toby-Chien et la musique ») ; des extraits de journal intime (« Partie de pêche »).
- Colette aborde des **thèmes divers**, notamment son **désir de liberté**. Elle proclame son indépendance (« Nonoche »), elle qui est parvenue à s'émanciper : « Mais j'ai rompu, d'un sursaut effrayé, tous ces fils tors qui déjà tenaient à ma chair, et j'ai fui… » (« Les Vrilles de la vigne »).
- Les **tonalités** varient d'un récit à l'autre. L'auteure y livre ses **sentiments les plus intimes** comme le réconfort trouvé auprès de Missy (« Le Dernier Feu »). Colette fait aussi une **peinture satirique** de la bourgeoisie parisienne (« Belles-de-jour »).

L'ESSENTIEL

Sido (1930) et *Les Vrilles de la vigne* (1905-1908), Colette

- **Contexte :** Belle Époque et Années folles
- **Genre :** récit autobiographique (*Sido*) ; recueil de chroniques (*Les Vrilles de la vigne*)
- **Thème dans *Sido* :** l'enfance de l'auteure dans la maison familiale

La célébration du monde

41

☐ OK

Dans *Sido* et dans *Les Vrilles de la vigne*, Colette chante le monde qui l'entoure et l'honore pour sa beauté.

I Le monde célébré par Colette

1 Le jardin de l'enfance

- Le jardin de la maison familiale est au centre des souvenirs évoqués dans *Sido*. Colette vante l'« aimable vie policée » de ce lieu de paix aux mille et une merveilles. Sido, figure centrale de ce jardin édénique, y fait croître des fleurs par dizaines qu'elle protège de tous les dangers.

- Ce jardin est un lieu symbolique d'initiation et de transmission entre Sido et sa fille. L'observation du merle qui mange les cerises, sans peur de l'épouvantail, est l'occasion d'une contemplation de la nature.

2 Les merveilles de l'âge adulte

- Les paysages de la baie de Somme (« En marge d'une plage blanche ») et de la Côte d'Azur (« Printemps de la Riviera ») sont aussi célébrés pour leur beauté et le plaisir auquel ils sont associés (l'amour avec Missy, l'insouciance des festivités).

- C'est aussi dans le monde des music-halls que la liberté de Colette s'épanouit : « Je veux faire ce que je veux. Je veux jouer la pantomime, même la comédie. Je veux danser nue […]. »

II Le thème central de la nature

1 La nature, une source inépuisable de sensations

- Chaque être vivant suscite l'admiration. Les injonctions de Sido – « Regarde ! » et « Écoute ! » – invitent à se tenir à l'affût du bruit et des formes, et à faire sienne cette « solitaire ivresse du chercheur de trésor ».

- Les souvenirs visuels, tactiles et auditifs se mélangent dans un concert de sensations rappelant la synesthésie des « correspondances » baudelairiennes. Les cris des animaux entrent en écho avec leurs couleurs sublimes.

Pour aller + loin

Dans ***La Première Gorgée de bière*** (1997), Philippe Delerm célèbre, par des évocations visuelles, auditives et gustatives, les « plaisirs minuscules » de l'existence.

2 La nature, un monde harmonieux et grandiose

- Cette célébration des sensations exprime un **vibrant bonheur d'être au monde**. La petite Gabrielle de *Sido* vit l'aube comme une « récompense » accordée par sa mère : « c'est à cette heure que je prenais conscience de mon prix, d'un état de grâce indicible [...]. »
- Ce monde prend une **dimension panthéiste** : Sido, à l'image d'une prêtresse antique, déchiffre les signes secrets de la nature en convoquant « les rumeurs, les souffles et les présages [...] ».

III L'écriture de la célébration

1 La précision lexicale

La **faune** et la **flore** sont décrites précisément : ainsi en est-il du vol de l'oiseau, de la libellule, ou encore de la chauve-souris qui « nage en zigzag dans l'air ». La baie de Somme fait l'objet d'un **reportage quasi journalistique** (« En marge d'une plage blanche »).

Pour aller + loin

Dans ***Les Rêveries du promeneur solitaire*** (1782), Jean-Jacques Rousseau parcourt la nature en vue de recueillir des plantes, comme « le *Picris hieracioides* de la famille des composées ».

2 Des procédés poétiques

- La **prose poétique** de Colette célèbre le pays quitté par de **saisissantes images** : « Et si tu passais, en juin, entre les prairies fauchées, à l'heure où la lune ruisselle sur les meules rondes qui sont les dunes de mon pays [...]. » (« Jour gris »).
- La **syntaxe** privilégie l'amplitude de **longues phrases envoûtantes**, aptes à recréer le souvenir, qui font écho à celles de Marcel Proust (*À la recherche du temps perdu*, 1913-1927).
- L'écriture fait la part belle à la **musicalité**, comme en témoigne l'allitération des « trilles tremblés et cristallins » du rossignol.

L'ESSENTIEL

La célébration du monde

- **Le monde célébré par Colette**
  La nature ; son enfance et sa famille ; son quotidien, passé et présent ; sa liberté
- **L'écriture de la célébration**
  Descriptions sensuelles et poétiques, précision et richesse lexicale, musicalité

Quiz EXPRESS

Avez-vous bien révisé les fiches 34 à 41 ? On vérifie !

42

Les romans au programme

1 *Manon Lescaut*, de l'abbé Prévost

▶ FICHES 34 ET 35

Associez chaque personnage à ce qui caractérise sa conduite.

a. Des Grieux •	• l'absence totale de scrupules
b. Lescaut (frère de Manon) •	• la raison et la vertu
c. Tiberge •	• le sens de l'honneur
d. le père de Des Grieux •	• la passion

2 *La Peau de chagrin*, de Balzac

▶ FICHES 36 ET 37

La peau de chagrin apparaît comme...

☐ a. un objet banal, sans intérêt

☐ b. un objet au pouvoir magique

☐ c. une source d'angoisse

3 *Mémoires de deux jeunes mariées*, de Balzac

▶ FICHES 38 ET 39

À l'époque de Balzac, dans les milieux nobles et aisés...

☐ a. la femme choisit son époux.

☐ b. le mariage est un contrat arrangé entre les familles des deux époux.

☐ c. la passion s'exprime dans des liaisons extra-conjugales.

4 *Sido* suivi de *Les Vrilles de la vigne*, de Colette

▶ FICHES 40 ET 41

Que peut-on dire du personnage de Sido ?

☐ a. Elle connait tout de la faune et de la flore.

☐ b. Elle joue un rôle secondaire au sein de sa famille.

☐ c. Elle voue une sorte de culte à la nature.

CORRIGÉS

1 *Manon Lescaut*, de l'abbé Prévost

a. Des Grieux → la passion
b. Lescaut (frère de Manon) → l'absence totale de scrupules
c. Tiberge → la raison et la vertu
d. le père de Des Grieux → le sens de l'honneur

À noter

Les personnages incarnent certaines valeurs ou des choix de vie qui donnent à réfléchir sur nos propres existences.

2 *La Peau de chagrin*, de Balzac

Réponses b et c.

D'abord dubitatif, Raphaël comprend vite combien la peau est puissante – jusqu'à en être terrorisé, car elle ampute son temps de vie à chaque vœu exaucé.

3 *Mémoires de deux jeunes mariées*, de Balzac

Réponses b et c.

Le mariage bourgeois ignore bien souvent les sentiments et la femme est alors forcée d'accepter l'époux que lui choisissent ses parents.

4 *Sido* suivi de *Les Vrilles de la vigne*, de Colette

Réponses a et c.

Elle possède une connaissance très étendue de la faune et de la flore. Elle est capable de prévoir le temps qu'il fera grâce aux éléments naturels.

*FLASH*CARDS 43

Mémorisez les idées clés des fiches 34 à 41 !

Les romans au programme

1

Qui est le narrateur du récit principal de *Manon Lescaut* ?

▶ FICHE 34

2

En quoi les héros du roman *Manon Lescaut* sont-ils marginaux ?

▶ FICHE 35

3

Que symbolise la peau de chagrin dans le roman de Balzac ?

▶ FICHES 36 ET 37

4

Dans *La Peau de chagrin*, différentes manières d'utiliser son énergie sont décrites. Lesquelles ?

▶ FICHE 37

5

Quelle vision du mariage Balzac donne-t-il par la correspondance entre Louise et Renée ?

▶ FICHE 38

6

Dans *Mémoires de deux jeunes mariées*, l'opposition entre raison et sentiments peut-elle être nuancée ?

▶ FICHE 39

7

Quel monde Colette célèbre-t-elle dans *Sido* et *Les Vrilles de la vigne* ?

▶ FICHES 40 ET 41

8

Comment l'écriture de Colette parvient-elle à célébrer le monde ?

▶ FICHE 41

RÉPONSES

Efforcez-vous de répondre aux questions par vous-même avant de consulter les réponses, puis révisez régulièrement pour bien mémoriser.

1

Le **chevalier Des Grieux** raconte *a posteriori* son histoire au marquis de Renoncour. Le lecteur a donc sa seule interprétation des faits, qui est partiale.

2

« Fille de rien », Manon incarne une forme de **déchéance sociale** pour Des Grieux qui, pour satisfaire les goûts de luxe de Manon, mène une **vie douteuse**, faite de transgressions successives.

3

La peau est un objet **fantastique ambivalent**, tout à la fois force de création (réalise tous les désirs de son propriétaire) et de destruction (le conduit fatalement à la mort).

4

Diverses postures sont décrites :
- économiser son énergie (Fœdora),
- la dépenser sans compter (Raphaël, au début du roman),
- miser sur le Savoir plutôt que sur le Vouloir et le Pouvoir (l'antiquaire).

5

Le roman témoigne de la difficulté des femmes **à accéder au bonheur par le mariage** :
- Renée s'épanouit dans la maternité au prix d'un sacrifice calculé ;
- Louise choisit l'amour-passion mais en meurt prématurément.

6

- Si Renée incarne la mesure et la raison, elle vibre pourtant avec Louise et vit la passion par procuration.
- Louise incarne l'absolu des passions, mais peut aussi être capable de froids calculs.

7

Colette célèbre le monde qui l'entoure :
- la nature, ses paysages, la faune et la flore,
- le jardin de son enfance et ses souvenirs auprès de sa famille,
- le monde du spectacle et des music-halls.

8

L'écriture de Colette célèbre le monde grâce à :
- son **lexique riche et précis**,
- son abondance d'**images**,
- sa tonalité **lyrique** et sa **musicalité**.

Le genre théâtral

44

☐ OK

Étymologiquement, le mot *théâtre* renvoie à l'action de regarder. Dès l'Antiquité, il est conçu comme un spectacle qui requiert des acteurs pour endosser les rôles écrits par le dramaturge.

I Le texte de théâtre

Le texte de théâtre est principalement composé des paroles des personnages effectivement prononcées sur scène (les **répliques**). Il comprend également les indications silencieuses (les **didascalies**, souvent signalées par une typographie particulière).

1 Une situation d'énonciation particulière

- On parle de **double énonciation** car :
  - l'auteur et le personnage qui parle sont simultanément énonciateurs ;
  - le personnage s'adresse aux autres personnages comme aux spectateurs.
- L'**illusion théâtrale** repose sur l'acceptation par le public de conventions dramatiques : il accepte de croire à ce qui se passe sur scène même s'il sait que tout est faux (personnages, décors, intrigue…).

2 Les différents types de répliques

Analyser le type de répliques permet notamment de caractériser les relations entre les personnages.

- Brève, la réplique prend le nom de **répartie**. La **tirade**, elle, se singularise par sa longueur et affiche souvent une dimension argumentative.
- La **stichomythie** institue un dialogue où les personnages se répondent vers par vers et met en valeur débats d'idées et conflits affectifs.
- Le **monologue** met en scène un personnage seul, délibérant avec lui-même.
- L'**aparté**, constitué de propos que le personnage tient pour lui-même à l'insu des autres, peut prendre la forme d'une adresse au public.

3 La structure d'une pièce

- Une pièce est traditionnellement découpée en **actes** ; ceux-ci sont divisés en **scènes**, rythmées par les entrées et sorties des personnages.

- Trois temps forts s'enchaînent en général :
  - l'**exposition**, qui permet de présenter l'action et ses protagonistes ;
  - le **nœud**, où le conflit initial, nourri de péripéties, a pris sa pleine mesure ;
  - le **dénouement**, au dernier acte a pour fonction de liquider le conflit.

Mot clé

Les **péripéties** désignent les épisodes de l'action. Brutales, elles prennent le nom de coups de théâtre ; si elles viennent relancer l'action, on les appelle rebondissements.

II Du texte à la représentation

Écrit par le dramaturge, le texte de théâtre est co-créé par les artistes qui permettent sa représentation sur scène.

1 La mise en scène

- Elle est l'œuvre du **metteur en scène** qui dirige la transformation du texte en spectacle. Cette fonction, qui n'a pas toujours existé, est aujourd'hui jugée cardinale.
- C'est la mise en scène, en effet, qui apporte à la pièce sa dimension visuelle que les didascalies du texte — si abondantes soient-elles — ne peuvent suffire à suggérer. Par ses choix, le metteur en scène nous livre **sa lecture de la pièce**.

2 L'incarnation des personnages

- Les **comédiens** sont chargés d'incarner les êtres de fiction que sont les personnages définis, dans la pièce, par leurs paroles.
- **L'interprétation** qu'ils donnent de leur personnage — et qui se traduit par un ton, une gestuelle, des mouvements — est essentielle dans la perception du sens de la pièce par le spectateur.

L'ESSENTIEL

Le texte de théâtre

- **Situation d'énonciation**
  - double énonciation
  - illusion théâtrale
- **Type de répliques**
  répartie, tirade, stichomythie, monologue, aparté...
- **Structure**
  - actes, scènes
  - exposition → nœud, péripéties → dénouement

Le théâtre au XVIIe siècle

45

☐ OK

Au milieu du XVIIe siècle, l'esthétique classique consacre la tragédie et la comédie en les ramenant aux règles strictes de la dramaturgie antique.

I Le théâtre baroque

Le théâtre baroque affirme une grande liberté et promeut des formes nouvelles.

- La tragi-comédie convie à un spectacle que ne contraint nul précepte formel : les actions nombreuses et surprenantes se soucient peu de vraisemblance, comme c'est le cas dans *Le Cid* de Corneille.
- La pastorale plonge le spectateur dans le monde idyllique des amours chastes.
- La tragédie prend le nom de « poème dramatique » en référence aux longues tirades qui s'y enchaînent.

II Le théâtre classique

1 L'esthétique classique

Une pièce classique est traditionnellement découpée en actes, interrompus par des entractes et divisés en scènes que rythment les entrées et les sorties des personnages. En cours dès 1640, l'esthétique classique repose sur différents codes et règles inspirés de la *Poétique* d'Aristote.

- La règle des trois unités impose :
  - l'unité de temps : l'action de la pièce doit se dérouler dans la limite de vingt-quatre heures ;
  - l'unité de lieu : l'action doit se déployer dans un lieu unique (antichambre d'un palais, salon d'une demeure…) ;
  - l'unité d'action : l'action doit se concentrer autour d'une intrigue principale à laquelle peuvent se soumettre des intrigues secondaires.
- La bienséance désigne un ensemble de règles qui garantissent le respect de la sensibilité esthétique et morale du public ; le sang ni la mort ne peuvent se représenter sur scène.
- La vraisemblance renvoie à la crédibilité de l'action : les évènements et les situations doivent paraître possibles dans la réalité.

2 La tragédie

Aristote définit la tragédie comme imitation d'actions propres **à inspirer terreur et pitié au spectateur**. Elle se caractérise par :

- des personnages de haut rang ;
- un sujet noble, emprunté à la mythologie ou à l'Histoire ;
- un dénouement généralement malheureux ou funeste avec la mort du héros ;
- ses fonctions : plaire, émouvoir et provoquer la catharsis.

> **Mot clé**
>
> La **catharsis** désigne chez Aristote la purgation des passions. Elle prévient *l'hybris* définie comme la démesure dont se rend coupable celui qui outrepasse sa condition d'humain.

Corneille et Racine sont les éminents représentants du théâtre tragique au XVIIe siècle : le premier fait incarner à ses personnages des valeurs héroïques tel Auguste dans *Cinna* ; le second s'intéresse davantage à la faiblesse humaine et aux passions rendues sensibles par la pureté du style comme dans *Phèdre*.

3 La comédie

La comédie est l'**imitation du ridicule des hommes**. Elle se caractérise par :

- des personnages issus de la bourgeoisie ou de catégories plus modestes ;
- des sujets empruntés au quotidien ;
- un dénouement heureux qui prend souvent la forme d'un mariage ;
- ses fonctions : faire rire le spectateur pour le corriger de ses travers.

Molière incarne à lui seul le théâtre comique au XVIIe siècle : de la farce avec *Les Fourberies de Scapin* à la grande comédie telle *Le Misanthrope*, qui fustige l'hypocrisie des rapports sociaux, en passant par la comédie de caractère comme *Le Malade imaginaire*, qui donne le spectacle de l'hypocondrie d'Argan.

L'ESSENTIEL

Le théâtre baroque →
- tragi-comédie
- pastorale
- tragédie

Le théâtre classique →
- tragédie (Corneille, Racine)
- comédie (Molière)

Le théâtre aux XVIIIe et XIXe siècles

46

☐ OK

Pour dépasser l'opposition entre la tragédie et la comédie, les dramaturges ont, dès le XVIIIe siècle, inventé un troisième genre, celui du drame. Il devient, au début du XIXe siècle, l'une des expressions de la révolution romantique.

I Le siècle des Lumières : un théâtre en transition

1 Entre permanence...

- Au XVIIIe siècle, le théâtre s'écrit en référence au classicisme : la tragédie reste l'étalon. Cependant, les auteurs comme Voltaire adaptent ce genre ancien aux combats philosophiques de leur temps.
- La comédie, de son côté, creuse le sillon dessiné par Molière : Marivaux, dans *Les Fausses Confidences*, reprend le personnage du valet rusé et, dans *L'Île des esclaves*, s'inspire de la *commedia dell'arte* pour affiner le comique moliéresque.

Mot clé

La ***commedia dell'arte*** désigne un genre de théâtre comique né en Italie au XVIe siècle, où des acteurs improvisent, masqués, à partir de canevas déterminés et de rôles définis.

2 ... et renouveau

- Face à la lassitude des spectateurs, un nouveau modèle dramatique apparaît, sous l'impulsion de Beaumarchais avec *Le Mariage de Figaro* et de Diderot dans *Le Fils naturel*, qui prend le nom de « comédie sérieuse » ou « drame bourgeois ».
- Dans ce type de pièce, les personnages sont contemporains du public et se définissent avant tout par le statut qu'ils occupent à la fois dans la société et au sein de la famille.
- S'éloignant des intrigues historiques et politiques des tragédies, le théâtre entre dans l'intimité familiale et plante ses décors dans des intérieurs bourgeois.
- Le registre verse dans le pathétique : l'auteur cherche à susciter la compassion et à enseigner la vertu au spectateur.

Mot clé

Pièce en prose, le **drame bourgeois** se donne comme un intermédiaire entre la comédie et la tragédie. Elle donne le primat au vrai sur le vraisemblable et vise à instruire le spectateur en suscitant son émotion.

II Le XIXe siècle : révolutions théâtrales

1 Le drame romantique

- Le drame romantique remet en question la définition stricte des genres issue du classicisme. En 1830, ***Hernani* de Victor Hugo**, donne ainsi lieu à une véritable bataille entre les partisans du théâtre classique et ceux du théâtre romantique.

- Le drame romantique se caractérise par :
  - sa **liberté de création** qui s'affranchit des règles de temps et de lieu ;
  - sa volonté de **mélanger les genres** et les registres en proposant une alliance de « grotesque » et de « sublime », en miroir de la vie humaine ;
  - son souci d'**ancrer la scène dans la temporalité historique** en évoquant des détails caractéristiques d'une « couleur locale » ;
  - le choix de **héros passionnés**, persévérants en dépit de la fatalité.

2 L'après-romantisme

- À la fin du XIXe siècle, le drame symboliste se distingue de ceux, bourgeois ou romantique, qui l'ont précédé : il se fonde sur une certaine **indétermination temporelle**, privilégie les **atmosphères mystérieuses** et se rapproche, par son art de la suggestion, de la poésie.

- Sur la même période, un **théâtre « de boulevard »** voit le jour sous la plume de **Labiche et Feydeau** : des comédies satiriques, anciennement appelées vaudevilles, mêlent quiproquos bouffons, situations grivoises et parfois chansons pour le seul plaisir des spectateurs.

- L'**avant-garde provocatrice** incarnée par **Alfred Jarry** et son *Ubu Roi* (1896) renverse les codes du théâtre, préfigurant les grands bouleversements du XXe siècle. *Ubu Roi* raconte en effet, sur un mode outrancier, les tribulations d'un dictateur grotesque qui impose à ses sujets un régime qui s'apparente aux totalitarismes à venir.

L'ESSENTIEL

XVIIIe siècle → **Un théâtre en transition**
- tragédie et comédie
- drame bourgeois

XIXe siècle → **Des révolutions théâtrales**
- drame romantique
- théâtre de boulevard, avant-garde

Le théâtre aux XXᵉ et XXIᵉ siècles

47

☐ OK

En tournant le dos à la tradition, la dramaturgie contemporaine s'interroge sur son propre fonctionnement et s'attache à rendre compte des désordres de l'Histoire.

I Le théâtre à l'épreuve des deux Guerres mondiales

1 La réécriture des mythes antiques

Les **mythes antiques** sont **revisités** par les dramaturges à la lumière des épisodes marquants du siècle : Cocteau avec *La Machine infernale* (1934), Giraudoux avec *Electre* (1937) et Anouilh avec *Antigone* (1944) livrent, sur un mode humoristique et anachronique, une **méditation sur la condition humaine.**

2 Les dramaturges engagés

- Philosophe existentialiste, **Jean-Paul Sartre** incarne dans ses pièces les concepts clés de sa pensée : le rapport à l'Autre et la **responsabilité de chacun** vis-à-vis de ses propres actes se trouvent littéralement dramatisés dans *Huis clos* (1944), par exemple.
- Fondateur de la philosophie de l'Absurde, qui procède du sentiment d'une existence injustifiée, **Albert Camus** réfléchit par la voix de ses personnages au drame de l'individu et leur fait jouer la **révolte**, seule issue à l'épreuve du non-sens, comme dans *Les Justes* (1949).

3 Le théâtre de l'Absurde

- À partir des années 1950, le sentiment de l'Absurde gagne non seulement les thèmes du théâtre mais également ses formes. Entérinant une crise majeure des valeurs issues du rationalisme et de l'humanisme, le Nouveau Théâtre met en scène le problème de **l'incommunicabilité** entre les êtres et de la cruauté des rapports humains.
- L'action se réduit alors à la seule expression, soutenue par la **mise en scène**. Dans *Pour un oui ou pour un non* de N. Sarraute, l'action se nourrit de tout ce que ne dit pas le dialogue, de tous les sous-entendus de la parole, de toutes les tensions cachées sous les mots.

À noter

L'expression **« Nouveau Théâtre »** est une référence au mouvement du Nouveau Roman qui proposait de renouveler les codes de l'écriture romanesque en rupture avec le réalisme. ▶ FICHE 31

- Le **langage des corps** se substitue souvent à la parole, qui apparaît comme vaine. Ainsi, dans *Rhinocéros* de Ionesco, la transformation progressive des personnages en pachydermes manifeste l'échec du discours rationnel.
- Le décor, les objets, l'inscription physique des comédiens dans l'espace, et plus largement la **scénographie**, prennent une place décisive en raison même de la mise en question de la parole et du sens. Chez Beckett, les didascalies prescrivent les moindres gestes, déplacements, mimiques, qui pourraient s'apparenter à des notes de mise en scène.

II Le théâtre au XXIe siècle

- Au XXIe siècle, le théâtre poursuit ses **réflexions métaphysiques sur le langage et les rapports humains** en proposant de nombreuses mises en scènes de B.-M. Koltès (*La Solitude dans les champs de coton*, 1987) ou encore de J.-L. Lagarce (*Juste la fin du monde*, 1990). Il affirme aussi sa dimension spectaculaire, comme en témoignent les mises en scène que W. Mouawad a données de son œuvre (*Incendies*, 2003).
- Échappant aux dramaturges, **le théâtre devient l'affaire des metteurs en** scène qui puisent dans le répertoire légué par les siècles passés et le revisitent : Ariane Mnouchkine et sa troupe proposent ainsi depuis plus de quarante ans une nouvelle forme de création dramatique au Théâtre du Soleil, inspirée des formes antiques et nourrie d'influences étrangères.

L'ESSENTIEL

Le théâtre à l'épreuve des deux guerres mondiales →

Réécriture et engagement
- réécriture des mythes antiques (Cocteau, Giraudoux, Anouilh)
- dramaturges engagés (Sartre, Camus)
- théâtre de l'Absurde (Sarraute, Ionesco, Beckett)

Le théâtre au XXIe siècle →

Une scénographie renouvelée
- poursuite des réflexions métaphysiques (Koltès, Lagarce)
- dimension spectaculaire (Mouawad)
- nouvelles formes de création (Théâtre du Soleil)

Analyser un extrait de théâtre

48

☐ OK

Après une première lecture, quelles sont les questions à se poser pour mieux comprendre une scène de théâtre et dégager des axes d'analyse ?

I Caractériser l'extrait

1 Quelle est la fonction de la scène ?

Mot clé

L'économie d'une œuvre désigne sa structure et l'organisation interne de ses parties.

- Appuyez-vous sur le paratexte ou les didascalies pour situer le passage dans l'économie générale de la pièce : se trouve-t-on dans l'exposition ? au cœur de l'intrigue ? au dénouement ?
- Identifiez l'enjeu de la scène sur le plan dramatique : est-elle collective ? Fait-elle avancer l'action ? Apporte-t-elle un éclairage psychologique nouveau sur un personnage ? Est-elle le lieu d'un affrontement, d'une méprise ?
- S'il s'agit d'un monologue, déterminez sa fonction : informatif ou lyrique, il marque une pause dans l'action ; délibératif, il crée une tension dramatique.

2 Quelle est la forme de la scène ?

- Le texte est-il en vers ou en prose ? Combien de personnages parlent ? Quel est le type de répliques utilisé ?
- Dans le cas d'un dialogue, pensez à analyser :
  - son organisation (répartition de la parole) ;
  - son contenu (conflit, débat, déclaration amoureuse...) ;
  - l'enchaînement des répliques (rapide, laborieux, fluide, illogique)...

II Analyser la scène selon son genre

1 S'il s'agit d'une scène de tragédie

- Thèmes récurrents :
  - la fatalité, force supérieure face à laquelle le héros ne peut rien ;
  - les passions et leurs conséquences destructrices qui anéantissent la volonté humaine et se traduisent pas une souffrance tant morale que physique.

- Visée : inspirer de la crainte et de la pitié au spectateur ; susciter de la compassion pour le sort des personnages (tonalité pathétique).

2 S'il s'agit d'une scène de comédie

- Éléments récurrents :
  - situations du quotidien (tromperie, fâcherie, travestissement, mariage…) ;
  - personnages-types : ingénue, servante rusée, valet entremetteur, vieux barbon…
- Ressorts comiques : comique de situation, de caractère, de gestes, de mots.
- Visée : faire rire, tourner en dérision les défauts des personnages ou les vices de la société pour amener le public à les désapprouver et à se corriger.

3 S'il s'agit d'une scène du théâtre de l'Absurde

- Thèmes récurrents :
  - l'absence de progression de l'action : absence d'exposition, de nœud et de dénouement, impression d'éternelle répétition ;
  - la contestation de la notion de personnage : protagonistes sans consistance, interchangeables et parfois anonymes, dénués de psychologie cohérente.
- Visée : donner à réfléchir et susciter la pitié du spectateur devant l'impossible communication et la déchéance humaine.

III Étudier les personnages

- Prenez appui sur les didascalies pour déterminer la posture des personnages : costumes, gestuelles, mimiques, tons…
- Interrogez-vous sur le rôle des personnages dans l'action : quelle place occupent-ils dans l'intrigue ? Sont-ils adjuvants ou opposants ?
- Étudiez leur parole : que révèle-t-elle de leur personnalité ? de leur groupe social ? Dans quelle mesure véhicule-t-elle la pensée du dramaturge ?

IV Imaginer la mise en scène

- Appuyez-vous sur les indications scéniques. Déduisez du dialogue théâtral les gestes et les déplacements des personnages, leur manière d'être et de parler, leur attitude par rapport aux autres, leur caractère.
- Anticipez les réactions du public (le metteur en scène peut s'y conformer ou, au contraire, les déjouer).

Quiz EXPRESS

Avez-vous bien révisé les fiches 44 à 48 ? On vérifie !

49

Le théâtre

1 Le théâtre au XVIIe siècle

▶ FICHE 45

Cochez la ou les bonne(s) réponse(s).

1. Une tragédie classique est...

☐ a. une pièce qui se finit mal.

☐ b. une pièce qui met en scène des personnages de haut rang.

☐ c. une pièce qui respecte les préceptes théorisés par Aristote.

2. Une comédie classique est...

☐ a. une pièce qui met en scène des personnages de basse condition.

☐ b. un spectacle de pur divertissement.

☐ c. une pièce qui châtie les mœurs par le rire.

2 Le théâtre aux XVIIIe et XIXe siècles

▶ FICHE 46

Au nom de quel principe le drame romantique voit-il le jour ?

☐ a. Le réalisme : il s'agit de rapprocher le théâtre des préoccupations des spectateurs.

☐ b. La dualité de l'homme : la pièce doit dévoiler sa dimension à la fois grotesque et sublime.

☐ c. Le refus de l'héritage classique : le cortège des règles briderait la liberté du dramaturge.

3 Le théâtre aux XXe et XXIe siècles

▶ FICHE 47

Sous l'appellation « Nouveau Théâtre », on regroupe :

☐ a. des dramaturges qui se sont collectivement élevés contre les traditions dramatiques.

☐ b. des auteurs favorables à un théâtre engagé.

☐ c. des pièces mettant en scène le drame de l'incommunicabilité.

CORRIGÉS

1 Le théâtre au XVIIe siècle

1. Réponses a, b et c.
Une tragédie classique respecte les règles issues de la *Poétique* d'Aristote ; elle met en scène des personnages nobles ou mythologiques qui se heurtent à la fatalité.

À noter
Héritées de l'Antiquité, les **règles** qui s'appliquent au **théâtre de l'âge classique** touchent aux trois unités, à la vraisemblance et à la bienséance.

2. Réponse c.
La comédie classique reprend à son compte la règle énoncée par le poète latin Horace *Castigat ridendo mores* (châtier les mœurs par le rire c'est-à-dire corriger les mauvaises habitudes en faisant rire à leur dépens).

2 Le théâtre aux XVIIIe et XIXe siècles

Réponses a, b et c.
La préface de *Cromwell* de V. Hugo énonce les grands principes du drame romantique : réalisme des conditions et des personnages mis en scène, liberté du dramaturge.

À noter
Créé en 1827, la **préface de *Cromwell*** fait figure de véritable manifeste de la dramaturgie romantique.

3 Le théâtre aux XXe et XXIe siècles

Réponse c.
Le « Nouveau Théâtre » fait de l'impossibilité même du dialogue entre les protagonistes la matière de ses drames.

Molière, *Le Malade imaginaire*

Parcours : Spectacle et comédie

50

☐ OK

Dans cette comédie-ballet, Molière nous fait rire d'Argan, qui se croit toujours malade, comme des médecins.

I Connaître l'œuvre

1 L'auteur et le contexte

- Né en 1622 à Paris dans une famille bourgeoise, le jeune Jean-Baptiste Poquelin participe à la fondation de l'Illustre Théâtre en 1643. Au sein de cette troupe, il écrit et joue farces et comédies sous le pseudonyme de Molière. En 1658, il entre sous la protection de la famille royale.
- Il s'illustre dans le nouveau genre de la comédie-ballet en 1670 grâce au *Bourgeois gentilhomme*, puis en 1673 avec *Le Malade imaginaire*, destiné aux fêtes célébrant les victoires militaires de Louis XIV, et dont la musique est composée par Charpentier. C'est pendant l'une des représentations de cette pièce que Molière est pris du malaise qui lui sera fatal.

2 La composition et les enjeux

- La pièce se compose de trois actes ponctués d'intermèdes dansés et chantés, précédés d'un prologue précisant la volonté de « délasser [le roi] de ses nobles travaux ».
- Argan est un hypocondriaque, soumis à son médecin et à son apothicaire. Aussi veut-il contraindre sa fille Angélique à épouser un médecin, mais sa famille réussira finalement à lui ouvrir les yeux.

Mot clé

Les **intermèdes** sont, au XVIIe siècle, de courts divertissements chorégraphiques qui interviennent entre les actes d'une comédie.

- Comique farcesque, quiproquos, travestissements rythment une pièce qui invite à recouvrer sa lucidité face aux abus d'une médecine moquée à travers des personnages grotesques.

II Comprendre le parcours

1 La comédie : un genre conçu pour le spectacle

- Plus que tout autre genre théâtral, la comédie trouve dans la mise en scène son aboutissement. Le lecteur de la pièce rit en imaginant Toinette se déguiser en médecin pour asséner à Argan un diagnostic burlesque, mais moins que le spectateur qui la voit à l'œuvre sur scène.

C'est particulièrement vrai des comédies proches de la farce : on peut citer la scène des *Fourberies de Scapin*, où le valet rusé enferme son maître dans un sac et le bastonne, évidemment beaucoup plus savoureuse quand elle est représentée.

- Avant tout spectacle, la comédie utilise pleinement le principe de la double énonciation. Ainsi en est-il quand les personnages – pour parvenir à leurs fins – jouent la comédie, **sous l'œil complice du public**. Dans le *Malade imaginaire*, Béline feint son affection conjugale, puis Argan simule la mort, pour le plus grand plaisir du spectateur qui voit clair dans le jeu de chacun.

> **Citation**
>
> La **double énonciation** est une caractéristique essentielle du théâtre : les répliques d'un personnage sont destinées aux autres personnages, mais aussi au spectateur.

2 La comédie : un spectacle complet et varié

- La comédie peut **associer d'autres arts** pour se transformer en un spectacle complet. Ainsi Molière, dans ses comédies-ballets, ajoute des parties chantées et dansées, qui offrent au public un divertissement réjouissant. Deux ans après la première représentation du *Mariage de Figaro* de Beaumarchais (1784), Mozart adapte la pièce en opéra, créant un **spectacle dramatique et lyrique** d'une grande puissance.

- Genre plastique, la comédie peut réunir une **grande variété de registres**. La satire de la médecine atteint ainsi son apogée lors de la « cérémonie burlesque d'un homme qu'on fait médecin » qui clôt *Le Malade imaginaire*. Dans *Art* (2000), Yasmina Reza propose une réflexion incisive et pleine d'humour sur les affres de l'art contemporain, à partir d'un déconcertant tableau blanc.

L'ESSENTIEL

Le Malade imaginaire, Molière (1673)

- **Genre :** comédie-ballet
- **Mouvement :** théâtre classique
- **Thème :** les extravagances d'un hypocondriaque
- **Visée :** faire rire de ceux qui se prétendent malades comme des médecins qui prétendent les soigner

Marivaux, *L'Île des esclaves*

Parcours : Maîtres et valets

52

☐ OK

Présents dans la comédie depuis l'Antiquité, les rôles du maître et du valet se complètent et s'opposent. Dans *L'Île des esclaves,* Marivaux les inverse le temps du spectacle.

I Connaître l'œuvre

1 L'auteur et le contexte

- Journaliste fasciné par les mœurs de son époque, Marivaux se tourne rapidement vers le théâtre. S'inspirant de la *commedia dell'arte*, il connaît le succès avec *Arlequin poli par l'amour* en 1720.
- Dramaturge prolifique, il collabore de manière fructueuse avec la troupe des Comédiens-Italiens : il leur fait notamment jouer *L'Île des esclaves* en 1725 et *Le Jeu de l'amour et du hasard* en 1730.

Mot clé

La ***commedia dell'arte***, genre théâtral d'origine italienne, se fonde sur des types comiques (comme Arlequin) et sur l'improvisation.

2 La composition et les enjeux

- L'intrigue se situe dans une Antiquité grecque de pacotille, miroir de la France du XVIIIe siècle. Arlequin et son maître Iphicrate, ainsi que Cléanthis et Euphrosine, font naufrage sur une île utopique dont les habitants sont des descendants d'esclaves ayant fui leur servitude.
- Sur cette île, afin de corriger les maîtres de leur inhumanité, les statuts et les noms s'inversent : les esclaves deviennent les maîtres, et réciproquement. C'est ce qui advient aux naufragés sous le contrôle de Trivelin, le gouverneur de cette nouvelle république.
- Le renversement permet aux anciens maîtres de prendre conscience de leurs abus de pouvoir et d'en obtenir le pardon.

II Comprendre le parcours

1 Le reflet d'une hiérarchie sociale

- Dans la comédie traditionnelle, comme dans la société, les valets sont au service de leurs maîtres. Le Figaro du *Barbier de Séville* (1775) aide le Comte à séduire Rosine, séquestrée par un vieux docteur tyrannique.

- La comédie naît du **contraste entre les maîtres et les valets**. Chez Marivaux, la différence sociale, révélée par le niveau de langue, empêche le valet, même déguisé en maître, de séduire la femme que son maître aime en secret.

- Le valet est **souvent moqué par son maître**. Cléanthis fait la liste des surnoms déplaisants que lui donne Euphrosine : « Sotte, Ridicule, Bête, Butorde, Imbécile, etc. » Dans *Ruy Blas* de Victor Hugo (1838), don Salluste affirme avec cruauté que le valet « n'est qu'un vase » que son maître remplit comme il l'entend.

2 La remise en cause du rapport de domination

- *L'Île des esclaves* donne lieu au **renversement carnavalesque des rôles** : les dominés semblent prendre le pouvoir. La première réaction moqueuse d'Arlequin face aux plaintes d'Iphicrate est de rire en continuant à s'enivrer. Dans *Les Bonnes* de Genet (1947), Claire endosse le rôle de sa maîtresse en son absence, le temps d'une cérémonie mimétique.

- Le valet peut alors à son tour se moquer de son maître : Cléanthis montre la vanité et la coquetterie d'Euphrosine dans un portrait railleur. Dans *Le Mariage de Figaro* (Beaumarchais, 1784), Figaro va plus loin en dénonçant les privilèges indus d'une aristocratie abusive.

> **Citation**
> « C'est la barbarie de vos cœurs que nous voulons détruire », explique Trivelin. *Iphicrate* signifie « qui règne par la force ».

- Le théâtre offre une **réflexion sur l'injustice sociale**. Chez Marivaux, les maîtres sont punis pour leur arrogance et sont forcés de faire amende honorable. Dans *Maître Puntila et son valet Matti* (Brecht, 1948), la comédie se poursuit jusqu'à l'émancipation du domestique à l'heure de la lutte des classes.

L'ESSENTIEL

L'Île des esclaves, Marivaux (1725)

- **Genre :** comédie
- **Mouvement :** théâtre des Lumières
- **Thèmes :** le poids des inégalités, les abus d'autorité des maîtres
- **Visée :** faire réfléchir sur la manière d'humaniser les relations entre maîtres et valets

J.-L. Lagarce, *Juste la fin du monde*

Parcours : Crise personnelle, crise familiale

53

☐ OK

La pièce met en scène les retrouvailles impossibles d'un personnage avec sa famille ; elle cherche à explorer l'intimité familiale à travers les méandres du langage. Depuis l'Antiquité, les dramaturges se servent des histoires de famille pour interroger la complexité des rapports humains.

I Connaître l'œuvre

1 L'auteur et le contexte

- D'abord étudiant en philosophie, Jean-Luc Lagarce fonde le théâtre de la Roulotte à la fin des années 1970. Il met en scène des pièces contemporaines déjà reconnues (comme celles de Beckett ou Ionesco), puis ses propres créations.
- S'inspirant en partie de sa vie, il publie *Derniers Remords avant l'oubli* en 1987 puis *Juste la fin du monde* en 1990, alors qu'il se sait déjà atteint du sida et condamné par la maladie. Il meurt en 1995, à 38 ans.

2 La composition et les enjeux

- Ténue, l'intrigue se résume au retour de Louis auprès des siens après des années d'absence : celui-ci essaye d'annoncer sa mort prochaine – sans jamais y parvenir.
- Chaque membre de la famille s'exprime tour à tour dans des interventions qui tournent au monologue. La tension atteint son paroxysme au cours du face-à-face final entre Louis et son frère cadet Antoine.
- L'écriture en versets, quasiment poétique, accentue la fragmentation du langage et souligne l'indicibilité des sentiments. En écho au prologue, l'épilogue clôt la pièce ; comme surgie d'outre-tombe, la voix de Louis regrette son éternel mutisme.

Mot clé

Le **prologue** est la partie située au début de la pièce où l'on expose le sujet ; l'**épilogue** permet au contraire de clore l'intrigue dramatique.

II Comprendre le parcours

1 Soi-même face aux autres

- *Juste la fin du monde* exhibe la solitude de personnages en décalage avec leur famille. Dans le théâtre antique déjà, c'est contre son oncle Créon qu'Antigone se dresse au nom de ses valeurs.

- La famille **enferme l'individu dans un rôle** dont il est difficile de s'affranchir. Louis est un avatar dégradé du « fils prodigue » de la Bible : il croit à tort pouvoir renouer avec les siens et se faire pardonner son absence. Héros du *Voyageur sans bagage* d'Anouilh (1937), Gaston est un amnésique solitaire qui doit retrouver sa famille, mais choisit d'en intégrer une autre afin d'échapper à un passé qui l'écœure.

- **Chacun reste largement insondable** pour les autres comme pour lui-même. Louis repart sans avoir pu confier sa mort imminente. Gaston, héros du *Voyageur sans bagage*, devenu amnésique à 18 ans, cherche à reconstituer son passé et à retrouver sa famille, découvrant peu à peu l'être méprisable qu'il était.

Citation

Dans sa *Poétique*, Aristote recommandait déjà de représenter des familles « dans lesquelles il s'est passé ou fait des choses terribles. »

2 Une communication difficile

- « Rien ici ne se dit facilement, » déclare Antoine. Chacun **peine à trouver les mots justes** et scrute les failles de sa parole. Dans *Assoiffés* de Mouawad (2007), Murdoch, un adolescent tourmenté, se heurte au silence de parents incapables de lui accorder de l'attention.

- D'obscurs monologues témoignent des **confusions de l'histoire familiale** ; Louis subit les reproches de sa sœur et l'ironie de son frère. Dans *Le Retour au désert* (1988), Koltès donne également à voir la confrontation d'un frère et d'une sœur en proie au poids de leur passé.

- Les mots se heurtent à l'**hostilité** de qui les recueille : Antoine est convaincu que Louis l'inonde « d'histoires ». Dans *Papa doit manger* (2003), Marie NDiaye met en scène les mensonges misérables d'un père qui, après dix ans d'absence, cherche à reprendre sa place dans une famille qui s'est reconstruite sans lui.

L'ESSENTIEL

Juste la fin du monde, Lagarce (1990)

- **Genre :** drame
- **Mouvement :** théâtre contemporain
- **Thème :** les retrouvailles impossibles d'un personnage avec sa famille
- **Visée :** montrer la complexité des relations familiales, explorer les failles du langage

Quiz EXPRESS

54

Avez-vous bien révisé les fiches 50 à 53 ? On vérifie !

Les pièces de théâtre au programme

1 *Le Malade imaginaire* de Molière

▶ FICHE 50

Pourquoi la comédie est-elle particulièrement faite pour être vue ?

☐ **a.** Son intrigue est basée sur des situations concrètes.

☐ **b.** Les procédés comiques fonctionnent mieux en présence d'un public.

☐ **c.** Elle peut combiner différents arts : théâtre, chant, danse...

2 *Les Fausses Confidences* de Marivaux

▶ FICHE 51

Numérotez dans l'ordre les étapes du stratagème de Dubois.

... **a.** Il querelle Arlequin au sujet d'un portrait d'Araminte.

... **b.** Il adresse Dorante à Monsieur Remy afin qu'il le présente en qualité d'intendant à Araminte.

... **c.** Il incite Marton à voler une lettre que Dorante a confiée à Arlequin.

... **d.** Il excite la jalousie d'Araminte en lui inventant une rivale.

3 *L'Île des esclaves* de Marivaux

▶ FICHE 52

Comment peut-on décrire la situation finale de la pièce ?

☐ **a.** Euphrosine et Iphicrate peuvent rentrer à Athènes.

☐ **b.** Euphrosine et Iphicrate se repentent de leurs erreurs.

☐ **c.** Euphrosine et Iphicrate restent esclaves pour toujours.

4 *Juste la fin du monde* de Lagarce

▶ FICHE 53

Associez chaque personnage au souvenir qu'il évoque.

a. La Mère •	• le mot envoyé pour la naissance d'un enfant
b. Suzanne •	• les promenades du dimanche
c. Catherine •	• les cartes postales de Louis
d. Antoine •	• les frustrations de l'enfance

CORRIGÉS

1 *Le Malade imaginaire* de Molière

Réponses a, b et c.
La comédie trouve son accomplissement dans les conditions concrètes de la représentation : le public peut être ébloui par le spectacle qu'on lui présente, réagir plus vivement aux procédés comiques et aux situations burlesques.

2 *Les Fausses Confidences* de Marivaux

Les étapes sont à mettre dans cet ordre : **b, d, a, c**.
Dubois multiplie les menées afin de parvenir à ses fins : chaque ruse en appelle une autre, jusqu'au triomphe final, arraché de haute lutte.

3 *L'Île des esclaves* de Marivaux

Réponses a et b.
Arlequin et Cléanthis finissent par pardonner leurs maîtres. Trivelin, voyant qu'Iphicrate et Euphrosine ont compris la leçon, leur permet de rentrer à Athènes.

4 *Juste la fin du monde* de Lagarce

a. La Mère évoque les promenades du dimanche. **b.** Suzanne évoque les cartes postales de Louis. **c.** Catherine évoque le mot envoyé pour la naissance d'un enfant. **d.** Antoine évoque les frustrations de l'enfance.
Les longs soliloques des personnages donnent à entendre les bribes d'un passé perdu, à travers des petits détails de la vie familiale, entre éclats de bonheur et rancœurs.

*FLASH***CARDS**

55

Mémorisez les idées clés des fiches 50 à 53 !

Les pièces de théâtre au programme

1

À quel mouvement littéraire et à quel genre théâtral *Le Malade imaginaire* de Molière appartient-il ?

▶ FICHE 50

2

Quel personnage Argan souhaite-t-il faire épouser à sa fille, et pour quelle raison ?

▶ FICHE 50

3

Dans *Les Fausses Confidences*, qui souhaite qu'Araminte épouse le Comte, et pourquoi ?

▶ FICHE 51

4

Pourquoi Dorante a-t-il peint le portrait d'Araminte ? Quel effet provoque sa livraison ?

▶ FICHE 51

5

Où se situe l'action de *L'Île des esclaves* et quelle est sa durée ?

▶ FICHE 52

6

Qu'est-ce que Cléanthis reproche à Euphrosine, son ancienne maîtresse ?

▶ FICHE 52

7

Dans *Juste la fin du monde*, avec quel personnage Louis est-il le plus en conflit ? Pourquoi ?

▶ FICHE 53

8

En quoi la pièce *Juste la fin du monde* nous parle-t-elle de l'impossibilité de la parole ?

▶ FICHE 53

RÉPONSES

Efforcez-vous de répondre aux questions par vous-même avant de consulter les réponses, puis révisez régulièrement pour bien mémoriser.

1

Le Malade imaginaire appartient au mouvement du **classicisme** et au genre de la **comédie-ballet**.

2

Argan destine sa fille Angélique au **médecin Thomas Diafoirus**, qui pourra ainsi soigner tous les maux dont il pense souffrir.

3

Madame Argante, la mère d'Araminte, souhaite marier sa fille au Comte, afin qu'il renonce à un procès contre elle.

4

C'est **Dorante** qui a peint le portrait d'Araminte ; sa livraison impromptue crée le trouble chez la jeune femme. À la fin de l'acte II, Araminte s'en sert afin de faire avouer à Dorante son amour pour elle.

5

L'action de la pièce se passe dans « **l'île des Esclaves** », lieu qui donne son nom à la pièce. Le « cours d'humanité » proposé par Trivelin est censé durer **trois ans**, mais ne durera finalement **qu'un seul jour**.

6

Cléanthis se moque de la **vanité** et de la **coquetterie** d'Euphrosine, ainsi que de sa superficialité.

7

C'est entre Louis et **son frère Antoine** que les tensions sont les plus vives : depuis l'enfance, Antoine nourrit des rancœurs tenaces envers Louis, qu'il n'a jamais su comprendre.

8

Louis revient auprès des siens pour **annoncer sa mort**, mais il repartira sans y être parvenu. Dans le contexte de crise familiale et personnelle de la pièce, la parole se trouve comme bloquée.

Analyser le lexique

56

☐ OK

La connaissance d'un lexique adapté est nécessaire tant pour la compréhension et l'analyse des textes que pour la précision de l'expression écrite et orale.

I Champ lexical et réseau lexical

Les mots du langage désignent des réalités du monde, qu'elles soient concrètes ou abstraites (les idées).

- On appelle **champ lexical** l'ensemble des termes désignant une même réalité : *guerre, arme*. Les termes peuvent être reliés entre eux par dérivation, *guerre, guerrier.* Attention, il ne suffit pas de relever un champ lexical, il faut l'analyser pour mettre à jour les sous-thèmes et les relations de sens.

- Le **réseau lexical** est un champ lexical étendu aux autres termes qui, par leur connotation ou leur emploi en contexte, relèvent de la même thématique. Ainsi *guerrier, armes, munition, fusil* font partie du champ lexical de la guerre et *mutilation, hôpital, panique* font partie de son réseau lexical.

> **Mot clé**
>
> **Connotation :** charge affective et subjective ajoutée à la dénotation d'un terme (la définition du dictionnaire) en fonction de la culture personnelle du lecteur.

II Polysémie, synonymie, antonymie

- Un même terme peut avoir plusieurs sens, il est dit **polysémique.** La polysémie permet de jouer sur différents niveaux de sens.

> ... formaient une harmonie telle qu'il n'y eut jamais en enfer (Voltaire)

Voltaire utilise le double sens d'harmonie, « formation musicale » et « entente, paix », pour faire réfléchir le lecteur.

- Des termes différents peuvent recouvrir une même réalité, ils sont dits **synonymes**. Cependant, il y a toujours une nuance de sens entre les synonymes. Dans une énumération ou une gradation, on doit être attentif à l'apport de chacun des termes.

> Je vois partout [...] la force, la brutalité, la cruauté, le sadisme (Césaire)

Chaque terme de la gradation ajoute une nuance au précédent.

- Des termes peuvent avoir des relations de sens opposé, ils sont dits **antonymes** (*généreux, avare*). Ils sont employés dans les antithèses et les oxymores.

> Cette obscure clarté qui tombe des étoiles (Corneille)

La juxtaposition des mots « obscure » et « clarté » constitue un oxymore.

III Les types de lexique

Les mots d'une langue sont multiples et il existe de nombreuses manières de les classer. Il faut savoir reconnaître et utiliser au moins **quatre types de lexique**.

- Le **lexique appréciatif** permet d'exprimer une appréciation :
  - si elle est positive, on parle de lexique mélioratif (*admirable, magnifique*) ;
  - si elle est négative, on parle de lexique péjoratif (*fade, néfaste, borné*).
- Le **lexique évaluatif** permet d'exprimer un jugement de valeur sur une échelle graduée (*grand/petit, chaud/froid*) dans divers domaines : esthétique (*beau*), moral (*bon*), etc.
- Le **lexique affectif** permet d'exprimer la manière dont on est affecté par quelque chose. C'est le lexique des sentiments et des émotions (*admiration, souffrance, pitié, pitoyable…*).
- Le **lexique abstrait** est le lexique des opérations de la pensée (*réfléchir, méditer, notion, concept, réflexion…*), du jugement (*apprécier, concéder, réfuter, rejeter…*), de la morale ou de la philosophie (*liberté, conscience, être, déterminisme, vertu, devoir…*), des catégories artistiques (*baroque, classique…*), du sentiment esthétique (*beau, sublime*), etc.

L'ESSENTIEL

Analyser le lexique

- **champ lexical** : ensemble de termes désignant une même réalité
- **réseau lexical** : champ lexical étendu aux termes qui relèvent de la même thématique

- **terme polysémique** : qui peut avoir plusieurs sens
- **synonymes** : termes différents qui peuvent recouvrir la même réalité

- **types de lexique** : appréciatif, évaluatif, affectif, abstrait

Quiz EXPRESS

59

Avez-vous bien révisé les fiches 56 à 58 ? On vérifie !

Maîtriser les outils d'analyse

1 Analyser le lexique

FICHE 56

1. À quel type de lexique appartient le mot *pitoyable* ?

☐ a. appréciatif ☐ b. évaluatif ☐ c. affectif ☐ d. abstrait

2. Qu'est-ce qu'un antonyme ?

☐ a. un complément du nom qui précède le nom

☐ b. un mot qui a le sens contraire d'un autre mot

☐ c. un oxymore

2 Reconnaître les figures de style

FICHE 57

Cochez les figures de style identifiées.

1. « Paris est tout petit / C'est là sa vraie grandeur » (Prévert)

☐ a. litote ☐ b. antithèse ☐ c. allégorie

2. « Je me suis baigné dans le Poème de la mer » (Rimbaud)

☐ a. métaphore ☐ b. chiasme ☐ c. métonymie

3. « Des cadavres dessous et dessus des fantômes » (Hugo)

☐ a. chiasme ☐ b. allégorie ☐ c. comparaison

3 Identifier la tonalité d'un texte

FICHE 58

Lisez l'extrait et cochez la proposition qui convient.

> Hélas ! qui peut savoir ici le destin qui m'amène ?
> L'amour me fait ici chercher une inhumaine.
> Mais qui sait ce qu'il doit ordonner de mon sort,
> Et si je viens chercher ou la vie ou la mort ?
>
> Racine, *Andromaque* (1667)

Il s'agit d'un texte :

☐ a. tragique. ☐ b. pathétique. ☐ c. lyrique.

CORRIGÉS

1 Analyser le lexique

À noter

Les lexiques appréciatif et affectif se retrouvent dans l'expression de la subjectivité.

1. Réponse c.
L'adjectif *pitoyable* est formé sur le nom *pitié*. L'employer, c'est chercher à faire éprouver le sentiment de la pitié.

2. Réponse b.
Un antonyme est un mot qui a un sens contraire au sens d'un autre mot.
Par exemple, le verbe *adorer* est un antonyme de *détester*.

2 Reconnaître les figures de style

1. Réponse b.
Antithèse entre *petit* et *grandeur*.

2. Réponse a.
Il s'agit d'une métaphore puisque *poème* et *mer* sont associés dans une même image sans outil de comparaison.

3. Réponse a.
Les deux hémistiches forment un chiasme puisque l'ordre des éléments est inversé :
nom + adverbe // adverbe + nom.
Le chiasme est amplifié par l'opposition *dessus* / *dessous*.

3 Identifier la tonalité d'un texte

Réponse a.
Les deux interrogatives montrent que le héros ne maîtrise pas sa propre vie, mais qu'il est entre les mains du « destin » sujet du verbe d'action « amène ».

La syntaxe des subordonnées conjonctives

60

☐ OK

Une proposition subordonnée conjonctive est introduite par une conjonction de subordination. Selon la fonction qu'elle occupe, elle est complétive ou circonstancielle.

I La subordonnée conjonctive complétive

1 Reconnaître une conjonctive complétive

Une conjonctive complétive est introduite par la conjonction de subordination ***que*** ou les locutions conjonctives ***à ce que***, ***de ce que***.

> Il me semble parfois [que je n'existe pas vraiment].
> Je m'attends [à ce qu'elle m'annonce une catastrophe].

2 Indiquer sa fonction

Comme son nom l'indique, la subordonnée conjonctive complétive est le plus souvent COD ou COI.

> Je sens [que des oiseaux sont ivres / D'être parmi l'écume inconnue et les cieux] !
>
> (Mallarmé)

La subordonnée est COD. On ne peut pas la supprimer, mais on peut la transformer en pronom personnel COD (« Je le sens ! »).

À noter

Une conjonctive complétive peut être aussi sujet (***Qu****'il vienne serait une belle surprise.*) ou complément d'une forme impersonnelle (*Il faut* ***que*** *tu viennes.*).

II La subordonnée conjonctive circonstancielle

1 Reconnaître une conjonctive circonstancielle

Une subordonnée conjonctive circonstancielle équivaut à un GN complément circonstanciel. Comme lui, elle peut être supprimée.

2 Préciser la circonstance exprimée

Circonstance	Conjonction de subordination	Exemple
but	*pour que,* *afin que,* *de peur que…*	«… [pour que vous vous intéressiez à moi], il faut que je vous parle de vous. » (Duras)

Circonstance	Conjonction de subordination	Exemple
temps	*quand, avant que…*	« Ah ! [Quand je vous parle de moi], je vous parle de vous. » (Hugo)
cause	*parce que, puisque, comme…*	« [Parce que vous êtes un grand seigneur], vous vous croyez un grand génie ! » (Beaumarchais)
conséquence	*de sorte que, si bien que, tellement… que…*	« C'était tellement simple et probable [que tout le monde en fut d'accord]. » (Maupassant)
comparaison	*comme, autant que…*	« Il pleure dans mon cœur [Comme il pleut sur la ville] » (Verlaine)
opposition/ concession	*alors que, tandis que / bien que, quoique…*	« [Quoiqu'elle fût dans une extrême jeunesse], l'on avait déjà proposé plusieurs mariages. » (Lafayette)
condition	*à condition que, à supposer que, si…*	« [Si mon ouvrage est bon], il vous fera plaisir ; [s'il est mauvais], il ne fera point de mal. » (Diderot)

III Le mode dans la subordonnée conjonctive

- Le verbe d'une subordonnée conjonctive est **à l'indicatif ou au subjonctif**. Le subjonctif signale que l'action est seulement envisagée.
- Pour **justifier l'emploi du mode**, on analyse – selon le type de conjonctive – le verbe principal ou le mot subordonnant.

Subordonnée	Mot observé	Exemple
conjonctive complétive	le verbe dont la subordonnée est complément	« Burrhus, dans ce palais je veux [qu'on la retienne]. » (Racine) [Le verbe principal exprime la volonté. → subordonnée au subjonctif]
conjonctive circonstancielle	le mot subordonnant	« Une minute plus tard, [sans que nous eussions échangé d'autres paroles], elle pleurait… » (Colette) [*Sans que* est suivi du subjonctif.]

Quiz EXPRESS

Avez-vous bien révisé les fiches 60 à 62 ? On vérifie !

63

Les notions de grammaire au programme

1 La syntaxe des subordonnées conjonctives

▶ FICHE 60

Reliez chaque conjonction de subordination à la subordonnée conjonctive circonstancielle qu'elle introduit.

de sorte que •	• subordonnée de cause
afin que •	• subordonnée de conséquence
quoique •	• subordonnée de but
étant donné que •	• subordonnée de concession

2 L'interrogation

▶ FICHE 61

Cochez les affirmations correctes.

☐ **a.** Une interrogation directe se termine toujours par un point d'interrogation.

☐ **b.** Une interrogation indirecte se présente sous la forme d'une subordonnée.

☐ **c.** Une subordonnée interrogative indirecte est toujours COD d'un verbe exprimant une demande d'information.

3 L'expression de la négation

▶ FICHE 62

Observez les phrases ci-dessous. Cochez les affirmations qui conviennent.

> Un vieillard se tenait debout et dirigeait sur lui la clarté d'une lampe. Il ne l'avait entendu ni venir, ni parler, ni se mouvoir.
>
> Balzac, *La Peau de chagrin*, 1831.

☐ **a.** La première phrase est de forme positive ; la seconde, de forme négative.

☐ **b.** La phrase négative comprend une négation formée de deux mots.

☐ **c.** La conjonction de coordination *ni* fait partie de la locution négative.

CORRIGÉS

1 La syntaxe des subordonnées conjonctives

Ces conjonctions (ou locutions conjonctives) introduisent des subordonnées conjonctives correspondant à quatre circonstances différentes :
– *de sorte que* : conséquence
– *afin que* : but
– *quoique* : concession
– *étant donné que* : cause

2 L'interrogation

Les trois affirmations sont vraies.

Prenons un exemple : *J'ignore* [*quelle sera l'issue des élections*].

La question *Quelle sera l'issue des élections ?* est formulée de manière indirecte sous la forme d'une subordonnée COD du verbe *ignore*.

3 L'expression de la négation

Réponses a et c.

- Dans la seconde phrase, la forme négative est obtenue par l'ajout de la locution négative *ne... ni... ni... ni...*.
- Celle-ci est formée de l'adverbe ***ne*** et de la conjonction de coordination de sens négatif ***ni***, qui est utilisée trois fois pour coordonner les verbes *venir, parler, se mouvoir.*

Contracter un texte et rédiger un essai

66

☐ OK

En 1re technologique, vous pouvez choisir de contracter un texte puis de rédiger un essai sur une problématique tirée du texte à contracter et portant sur le programme de l'objet d'étude « La littérature d'idées du XVIe au XVIIIe siècle ».

I Contracter le texte

Le texte proposé comporte environ 750 mots et vous devez le contracter au quart, soit 188 mots (+/– 10 %).

1 Lire le texte et préparer la contraction

- Lisez attentivement le paratexte, le texte et les notes. Faites un bilan après la première lecture :

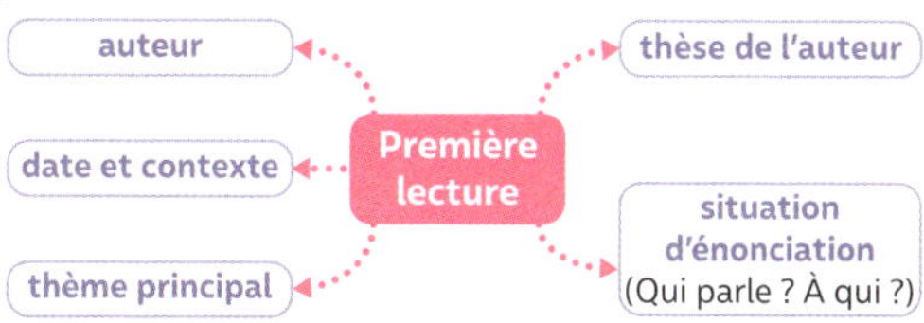

- Relisez le texte crayon à la main afin d'effectuer les premiers repérages :
  - surlignez les mots-clés et soulignez les principaux arguments ;
  - encadrez les connecteurs logiques ;
  - barrez les éléments non essentiels (exemples non significatifs, précisions inutiles…).
- Établissez au brouillon le plan du texte en reformulant dans l'ordre les différentes étapes de l'argumentation.

2 Rédiger la contraction

- Cachez le texte et écrivez le premier jet de votre contraction.
- Retravaillez ensuite votre texte en utilisant vos notes et le texte à contracter. Votre contraction doit :
  - reformuler le texte avec vos propres mots, en ne reprenant que les mots-clés ;
  - comporter toutes les idées essentielles du texte, dans le même ordre ;
  - conserver les marques d'énonciation du texte (si l'auteur s'exprime à la 1re personne, votre contraction doit être à la 1re personne) ;

- Recopiez enfin votre contraction au propre. N'oubliez pas d'indiquer le nombre de mots utilisés et de vous **relire** attentivement.

II Rédiger l'essai

1 Trouver des idées et les organiser

- Le sujet vous invite à **développer votre point de vue** sur une problématique issue du texte à contracter.
- Il peut s'agir d'une **question ouverte**, vous menant à proposer une liste d'idées, ou d'une **question fermée**, vous invitant à exprimer votre point de vue positif, négatif ou nuancé sur une affirmation.
- Organisez vos idées en un plan au brouillon : chaque **argument** doit être **illustré par un ou plusieurs exemples** tirés du texte à contracter, des œuvres étudiées en classe ou de votre culture générale (art, actualité...).

2 Rédiger l'essai

- Rédigez d'abord une **brève introduction** rappelant la question posée et annonçant les grands mouvements de votre réponse.
- Rédigez ensuite votre **développement** en suivant le plan établi au brouillon. Celui-ci doit comporter plusieurs paragraphes, correspondant chacun à un argument illustré par un ou plusieurs exemples.
- Rédigez enfin une **conclusion** qui répond de manière claire et synthétique à la question posée par le sujet.
- Gardez au moins une dizaine de minutes pour vous **relire**.

Conseil

Amorcez votre introduction en énonçant le thème de l'essai ou en faisant le lien avec le texte à contracter.

L'ESSENTIEL

Bien gérer son temps le jour J

❶ Je choisis mon sujet	15 minutes
❷ Je prépare et rédige la contraction	1 heure 45
❸ Je prépare et rédige l'essai	1 heure 45
❹ Je relis attentivement l'ensemble de la copie	15 minutes

Préparer et passer l'épreuve orale

67

☐ OK

L'épreuve orale dure 20 minutes et vous disposez de 30 minutes de préparation. L'évaluation porte à la fois sur vos connaissances et sur votre capacité à vous exprimer à l'oral.

I Comprendre l'épreuve

1re partie : exposé (12 min. • 12 points)		
• lecture du texte	• explication linéaire	• question de grammaire
2de partie : entretien (8 min. • 8 points)		
• présentation d'une œuvre intégrale • échange avec l'examinateur		

II Bien gérer le temps de préparation

1 Préparer l'explication

- Commencez par **délimiter le passage à expliquer** : il ne correspond pas forcément à la totalité de l'extrait étudié en classe.
- **Lisez** une première fois le texte pour vous le remettre en mémoire, puis **relisez-le** en l'annotant au fil de votre lecture.
- Notez au brouillon les idées importantes, **dans l'ordre du texte**, en utilisant **un code couleur clair** qui vous permette de vous repérer facilement.
- Contrairement au commentaire écrit, l'explication doit être linéaire, c'est-à-dire **suivre le fil du texte**. Vous pouvez la structurer en reprenant les mouvements du texte, mais il ne s'agit pas de construire un plan autour d'axes de lecture.

> **Conseil**
> N'essayez pas de rédiger l'intégralité de votre explication : face à l'examinateur, vous devez être naturel et spontané.

2 Garder du temps pour les autres parties de l'oral

Prévoyez environ 5 minutes pour répondre à la question de grammaire, et 5 minutes pour préparer la 2de partie de l'oral, en notant les idées clés de votre présentation.

II Réussir la première partie de l'oral

- Présentez brièvement le texte (auteur, œuvre, époque, parcours dans lequel il s'inscrit), puis **lisez-le** à haute voix.
- Expliquez ensuite le texte **sans le paraphraser** : il ne s'agit pas de reformuler le propos de l'auteur, mais de proposer une interprétation du texte. Vous devez donc toujours **analyser** les procédés que vous relevez.
- **Concluez** votre explication en synthétisant vos observations : quels sont les principaux enjeux du texte ? Ouvrez éventuellement en évoquant d'autres textes du parcours.
- Répondez enfin à la question de grammaire :
  - **citez** la phrase ou le passage concerné ;
  - **décrivez**-en la structure en utilisant un vocabulaire adapté.

III Réussir la seconde partie de l'oral

- Dans un premier temps, l'examinateur vous invite à présenter l'œuvre que vous avez choisie. Soyez **concis mais efficace** :
  - résumez brièvement l'œuvre et ses principaux enjeux ;
  - expliquez pourquoi vous avez choisi de la présenter.
- L'examinateur prendra appui sur votre présentation pour vous poser des questions. C'est surtout votre **aptitude à dialoguer** qui est évaluée : efforcez-vous de développer vos réponses et de réagir aux propositions de l'examinateur.

L'ESSENTIEL

Quelques conseils pour être à l'aise à l'oral

Pendant l'année	Jour J
▸ prendre la parole en public dès que possible ▸ repérer les tics de langage et les gestes nerveux et s'entraîner à les éliminer	▸ prendre le temps de s'installer confortablement ▸ ne pas parler trop vite ni trop bas ▸ respirer profondément

Capter l'attention de l'auditoire

68

☐ OK

Une fois installé·e, il ne suffit pas de maîtriser son stress et son sujet, il faut aussi être efficace et convaincre le jury. Le visage et ses expressions, ainsi que la gestuelle, sont alors essentiels pour renforcer le propos.

I Établir le contact

- Le premier contact est essentiel. Dès l'entrée dans la salle, donnez l'impression d'être ouvert à l'échange, avenant, sans être trop familier.
- Le sourire est l'atout indispensable pour détendre l'atmosphère et gagner la sympathie du jury. Il ne s'agit pas de rire faussement ou de sourire en permanence mais d'afficher une attitude aimable.
- La politesse est de mise, même si parfois le stress fait oublier les fondamentaux de la courtoisie : saluer vos interlocuteurs, remercier, attendre d'être invité à s'asseoir ou à partir avant de le faire.
- Montrez-vous à l'écoute des attentes du jury sans foncer tête baissée dans vos explications. Laissez à vos examinateurs le temps de s'installer et prenez le temps de disposer les documents dont vous aurez besoin.

II Communiquer efficacement

1 Regarder l'examinateur

- Se trouver face à face avec un ou des examinateur·s peut être impressionnant. Ne vous laissez pas déstabiliser par les regards portés sur vous : tentez d'en faire abstraction en imaginant que ce sont des professeurs que vous connaissez.
- Ne rédigez pas vos fiches pour ne pas être tenté·e de les lire et détachez-vous au maximum de vos notes, au moins dans les moments cruciaux de votre intervention.
- Regardez chacun de vos interlocuteurs. Ne les fixez pas, mais accordez-leur des regards réguliers, afin de capter leur attention.
- Évitez de regarder ailleurs, ce qui donnera l'impression d'être fuyant. Inutile donc de fixer vos pieds, le plafond, ou encore le mur au fond de la salle.

Conseil

Entraînez-vous avec des amis à faire une présentation. Invitez-les à se placer dans des endroits différents d'une salle et demandez-leur de lever la main dès qu'ils se sentent regardés pendant votre prise de parole. Vous vous apercevrez rapidement que vous avez tendance à regarder toujours les mêmes personnes.

2 Soigner la gestuelle

- **Évitez de rester trop statique** pendant votre intervention mais ne surchargez pas non plus votre intervention par des gestes répétitifs ou sans lien avec le propos.
- Vos gestes doivent intervenir à des moments essentiels de votre prise de parole afin d'**appuyer ce que vous dites**. Ils doivent donc coïncider avec ce que vous cherchez à exprimer : enthousiasme, opposition, implication personnelle…

3 Éviter la monotonie

- **Variez les intonations** pour donner de la vivacité à ce que vous dites et ne pas ennuyer votre jury.
- **Insistez** sur les aspects essentiels en appuyant sur certains segments de phrases ; marquez les interrogations ou les exclamations par une **intonation expressive**.
- **Ayez l'air convaincu·e** de ce que vous affirmez en adoptant une voix claire et en apparaissant sûr·e de vous.

L'ESSENTIEL

Capter l'attention de l'auditoire

Établir le contact
- être ouvert à l'échange
- être souriant et poli
- se montrer à l'écoute

Communiquer efficacement
- regarder l'examinateur
- appuyer son propos par des gestes signifiants
- varier les intonations

Se faire comprendre

69

☐ OK

Si une grande partie de la communication repose sur l'attitude non verbale, il ne faut évidemment pas négliger l'aspect verbal de l'échange.

I Soigner son élocution

- **Parlez distinctement** en articulant pour être bien compris. Faites particulièrement attention à ne pas « avaler » les fins de phrases et les fins de mots.
- **Adaptez le volume de votre voix** en fonction de la proximité avec votre auditoire. Ni trop fort, ni pas assez, vous devez trouver le juste équilibre. N'hésitez pas à demander si vous parlez suffisamment fort.
- Parler face à un public ne s'improvise pas et, pour éviter de bafouiller, il est nécessaire d'exercer sa voix et de **s'entraîner**.

II S'exprimer correctement

1 Choisir ses mots

- Vous êtes jugé sur la **qualité de votre expression**, d'où l'importance de bien choisir vos mots. Il est parfois difficile de trouver la bonne formulation : prenez le temps de chercher les **termes** les plus **appropriés**.
- **Évitez les contractions** (« j'sais pas », « j'pense ») et prononcez correctement les négations incluant un « ne » audible. Si un terme familier vous échappe, reformulez dans un registre plus soutenu.

2 Bannir les tics de langage

Variables d'une époque à une autre, ces petits marqueurs de la communication sont à proscrire le jour de votre oral.

- Commencez par **repérer ceux que vous employez le plus souvent** et **entraînez-vous à vous en débarrasser** dans vos conversations courantes ou lors de vos prises de parole en classe. Il peut s'agir :
  - d'expressions en vogue (« genre », « carrément », « trop », « j'avoue »...) ;
  - de mots de liaison (« donc », « alors », « et voilà », « en fait »...) ;
  - d'onomatopées (« euh », « ben », « bah... »).

- Bannissez également la mise systématique entre guillemets (geste à l'appui) qui vous sert à justifier que vous n'avez pas trouvé le mot juste pour vous exprimer.

3 Répondre adroitement

- Prenez le temps de vous assurer que vous avez bien compris la question posée et vérifiez que vous n'avez pas juste saisi un mot à partir duquel vous allez construire votre raisonnement.
- Vous pouvez, ponctuellement, **reformuler la question posée** pour vous assurer de votre compréhension : « vous me demandez si », « vous voulez savoir comment ».
- **Évitez les modalisateurs qui expriment le doute** : « je crois que », « peut-être », « éventuellement ». Ne commencez pas votre réponse par un segment de phrase qui vous fait perdre toute crédibilité : « Je ne sais pas, mais… », « Je ne suis pas sûr, mais… ».

III Adopter le bon rythme

- Ne parlez **ni trop lentement**, pour avoir le temps de tout dire, **ni trop vite**, pour laisser au jury la possibilité d'intégrer ce que vous dites et de prendre des notes.
- **Trouvez le juste équilibre** en accélérant ou en ralentissant le débit :
  - accélérez au moment des exemples, des énumérations, des citations ;
  - ralentissez lorsque vous présentez le plan, lorsque vous abordez un aspect essentiel, lorsque vous voulez particulièrement retenir l'attention.
- N'hésitez pas à **reformuler** plusieurs fois un aspect important de votre intervention et à faire des pauses entre deux idées ou avant d'enchaîner sur un point important. On a souvent peur des silences à l'oral et pourtant, ils sont nécessaires.

L'ESSENTIEL

Soigner son élocution →
- trouver le bon volume
- parler distinctement en articulant
- surveiller son débit de parole
- faire des pauses pour marquer les moment clés

Soigner son expression →
- utiliser un niveau de langue courant ou soutenu
- chasser les tics de langage
- éviter les contactions (« j'pense »)
- éviter les expressions négatives (« je ne sais pas, mais... »)